내게 위로가 되는 것들

소아정신과 의사가 마음의 경계에서 발견한 풍경

배승민

채륜서

◇ 일러두기

- 이 책에 등장하는 모든 사례는 나이, 성별, 증상이나 병력, 치료 과정 등의 개인 식별 정보를 조정하고 유사한 사례들을 가공하여 특정 개인을 지목하지 않도록 2차 수정을 거쳤습니다.

- 이 책에는 2019년 8월부터 2021년 2월까지 국민일보 '살며 사랑하며'에 연재된 저자의 글이 일부 포함되어 있습니다.

머
리
말

저는 소아청소년 정신건강의학과 의사입니다.

중학교 2학년 첫 도덕 시간. 10년 후 미래의 본인을 대상으로 인터뷰하라는 숙제를 받으며 정했던 꿈입니다. 보통은 이루기 쉽지 않다고들 하는 어린 시절의 꿈을 다행히 이룬 셈입니다. 그런데 십대의 꿈을 시작으로, 지금은 학생과 전공의들에게 그 꿈을 가르치는 선생이 된 지도 10여 년이 지났건만. 여전히 진료실에서는 수십 년의 공부도 말 한마디 건네는 데 도움이 안 되는 상황들에 난감해지곤 합니다.

아버지가 치료를 반대해서 여기 온 걸 들키면 죽일지도 모른다며 우는 학생들. 자기 몸을 희생해서라도 아픈 아이를 고쳐주고 싶은데 치료비가 없어 속이 까맣게 타들어가는 부모들. 힘들게 일하다 병을 얻었건만, 말이 통하지 않아 치료를 받기 어려워하는 외국인들. 간신히 치료한 아이가 다른 아이의 가해자가 되어 경찰서에서 연락받는 일들. 가족들이 의학을 믿지 못해 다른 방법만 백방으로 찾아다니다 포기하고 뒤늦게 병원을 찾아왔으나 안타깝게도 치료시기를 놓쳐버린 경우들.

국내외 유명한 교과서를 다 뒤져도 답을 알 수 없는 난감한 상황들 속에, 저는 전문가로서 어떤 말도 쉽게 꺼낼 수가 없었고, 좌절과 우울로 스스로를 추스르기조차 어려운 때도 있었습니다. 그럴 때마다 환자와 환자 가족들과 함께 이겨낼 수 있었던 것은, 최신의 의학 상식이나 교과서에 적혀 있는 것들이 아닌, 가끔은 소소하고 때로는 심심한 일상의 힘일 때가 많았습니다. 비록 장애가 눈 녹듯 없어지지는 않았지만, 자신에게 맞는 자리를 찾아 노력하는 모습을 보며 보호자와 함께 눈물짓기도 하고, 그 시기의 이슈들을 이야기하며 함께 웃기도 했던 순간의 방울들이 쌓여 환자와 가족들뿐 아니라 저를 토닥여주는 물줄기가 되어주곤 했습니다.

때때로 그 물줄기가 가차 없이 말라붙어 가혹한 시기를 견뎌내야 했고 어떨 때는 지나치게 넘쳐나 균형을 잡지 못하고 넘어지기도 했습니다. 하지만 시간이 쌓이며 조금은 부족할 때도, 다소 지나칠 때도 완전히 압도되지 않고 견디는 힘이 아주 조금씩 늘어났습니다. 그러면서 소소한 일상의 힘이 바쁜 일상과 거대한 포부들 사이에서 너무 과소평가되고 짓눌려 있었던 건 아닐까 싶은 마음이 들기 시작했습니다. 그리고 그 작은 힘들이 다른 이들에게도 전달되면 참 좋겠다는 욕심이 조금씩 커져갔던 것 같습니다.

막상 그 방법을 찾지 못하고 있던 중 한 신문에 2019년 여름부터 매주 한편씩 생활 에세이를 연재하게 된 것은 아주 우연한 기회였습니다. 후배이자 존경하는 동료 하주원 원장에게 연락을 받았을 때는 다소 뜬금없는 일이란 생각이 들었습니다. 전공 관련 책이나 교재를 내거나 번역하는 일이야 종종 했지만, 개인 일상의 에세이를 신문에 내는 것은 제게 전혀 생소한 분야였기 때문입니다. 하지만 곰곰 생각해보니, 환자와 가족들과 저를 둘러쌓던 일상의 방울들이 모여 치유의 시간이 되어주었듯, 진료실이 아닌 곳에서 글로 만나는 이들에게도 이러한 경험을 공유할 수 있을지 모른다는 생각이 들어 시작했던 것이 어느덧 오늘까지 왔습니다.

주간 칼럼은 지금까지 써왔던 의학 관련 글들과는 성격이 매우 달라 처음에는 어색했지만, 바로바로 독자들의 피드백을 받을 수 있기에 조심스럽고도 즐거운 경험이었습니다. 부족한 글이었기 때문이겠지만, 아무래도 전공인들을 대상으로 그동안 써왔던 아동 정신건강이나 폭력, 학대 피해자에 대한 글들은 실제적인 반응을 불러오는 일이 매우 드물었기 때문입니다. 글에 담으려고 노력했던 생각들이 천천히 독자들에게 전달된 뒤 어느새 제게로 돌아오는 경험은 정말 마법 같고도 즐거운 일이었습니다. 그래서 칼럼들을 엮어 책을 만들어보자는 제언을 받고는, 자연스럽게 이 소소한 일상의 힘을 '희망'이라는 인간만이 가진 특성으로 담아보고자 했습니다. 그래서 순서는 봄으로 시작하여 다시 봄으로 돌아오는 계절순으로 칼럼을 다듬어 보았습니다.

매주 연재하는 칼럼의 특성상 그 시기에 맞는 화두가 글의 주제가 되는 편이라, 연재 당시에는 시의적절했지만 책으로 엮기엔 맞지 않아 보이는 소재들은 적절한 계절 내용으로 바꾸거나 다듬었고, 보다 시급한 주제에 밀려 연재로는 싣지 못했던 글들을 이 책에 실었습니다.

　　그래서 어떤 글은 당시 시국이나 제 관심사에 따라 무거운 주제가 이어지기도 하지만, 하루에 한두 편만 읽더라도 그 계절 동안 생각할 거리로 남거나 마음을 어루만질 수 있었으면 하는 바람을 담아 정리하였습니다. 그리고 지면의 한계로 짧게 줄였던 글들은 지면이 넓어진 만큼 조금 더 넉넉하게 수정하였습니다. 글의 흐름을 매만지면서 연재했던 칼럼과 조금 달라진 부분도 있지만, 일상이 가진 소소한 힘을 전하고 싶은 저의 마음은 변함없기에 이러한 기대가 독자 여러분들에게도 잘 전달되길 감히 바랍니다.

　　1년을 훌쩍 넘긴 연재 기간 중간에 갑작스레 등장하여 전 세계를 강타한 감염병 탓에 직업이 의사다 보니 대다수 내용이 이와 연관된 내용들로 반복될 때도, 선별 진료소 근무로 정신없던 중에 이미 실었던 내용을 다시 보내는 바람에 지면을 한 주 비우는 큰 실수를 했을 때도. 변함없이 일주일에 한 번, 일상 에세이의 지면을 허락해 주신 국민일보 '살며 사랑하며'의 담당자분들과 논설위원께 깊은 감사를 전합니다. 천성이 겁이 많아 새로운 일에 잘 뛰어들지 못하는 선배이건만, 먼저 손을 내밀어 이 자리를 소개해 준 하주원 원장에게도, 두서없는 에세이 속에서 가능성을 믿고 연락해 주신 채륜 출판사의 김승민 과장님에게도 감사를 표합니다.

그리고 언제나 마음속에 함께해 주시는 은사님들께도 깊은 감사를 드리고 싶습니다. 제가 배웠던, 배우고 있는 그 백분의 일이라도 제 학생들에게 전할 수 있을지 싶어, 매일매일 스승의 자리가 더욱 커져가고 있는 것을 느낍니다.

병원, 학교, 센터와 학회 일로 정신이 팔리다 못해 이제는 짧은 글이나마 작가 생활을 한다며 바쁜 척하는 저를 넓은 마음으로 응원해 주는 가족에게 사랑과 감사를 전합니다.

그리고 마지막으로, 독자와의 교감과 주고받음이라는 새로운 세계를 제게 경험하게 해준, 지금까지와 앞으로의 독자들에게도 감사의 마음을 전합니다.

　부디 이 짤막한 글들이 일상의 상처를 잠시나마 씻어줄 작은 샘물의 역할을 할 수 있기를 바랍니다.

　　　　　　　　　　　　봄을 기다리는 어느 겨울날.

　　　　　　　　　　　　　　　　배승민

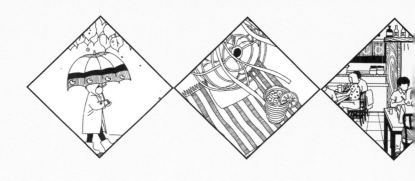

가을

겨울

다시, 봄

봄

매서운 겨울을 지나온 몸과 마음을 녹이는 온화한 바람이 불어온다. 황량한 시기를 견디는 동안 고갈되었던 에너지가 어느새 나도 몰래 퐁퐁 다시금 솟아나는 것 같다. 하지만 그동안의 경험으로 알고 있다. 그렇다고 자연이 선물해 준 에너지가 바닥날 만큼 전력으로 달려서는 안 된다는 것을. 삶은 단거리 경주가 아닌 만큼, 이제는 산들바람에 몸을 맡기고 20% 정도는 힘을 빼고 달려보아야겠다.

사랑의 매

"육아책에서 애는 때리면 안 된다고 그렇게들 떽떽거리더만… 역시 다 틀린 말이에요. 벼르다가 이번에 아주 혼쭐을 내줬더니, 울고불고 반항하던 애가 다음 날 바로 천사가 됐거든요. 일어나자마자 아빠 사랑한다, 자기가 잘못했다며 시키지도 않은 편지를 줄줄 쓰는데~ 얼마나 의젓해졌는지 몰라요."

아빠의 의기양양함과 달리 엄마 표정은 점점 얼음같이 굳어져 간다. 이런 경우 백이면 백, 아빠들은 버럭 화를 내는 자신이 아이들에게 얼마나 공포스러운 존재로 비치는지 모른다. 장난꾸러기 아이가 (겁에 질려) 얌전히 있으니, 아빠 목소리가 한 톤 더 올라간다. "저 어릴 땐 더했어요. 우리 집은 양반이지…." 이쯤 되면 하얗게 질려 버린 아이 엄마와 아이

표정을 아빠만 보지 못한다.

'홈 스위트 홈'이라고들 하지만 현실은 끔찍한 일일수록 남들이 못 보는 집 안에서 벌어진다. 병원 외에 범죄 피해자 지원센터에서도 일하다 보니, 교과서에는 나오지 않는 사건들을 매일 마주하면서 이를 더 실감하게 된다. 사실 가정은 그야말로 동물의 왕국이다. 사회화된 가면을 벗고 남 눈치를 볼 필요가 없다고 생각하는 공간. 그곳에서 돈을 벌고 힘이 있는 가족 구성원은 무소불위의 권력을 가지거나 본인의 규칙만이 옳다는 군주가 된다. 아이들은 이런 비정상적인 권력 구조 아래에서 어떻게든 살아남기 위해, 눈치 빠르게 굴거나 반항하다 도망치거나 나쁜 것들을 하나하나 배우며 속으로 쌓아간다.

"어렸을 때 다른 애들은 속 썩여도 얘만은 천사 같았는데"라며 진료 중 한탄하는 또 다른 어머니의 모습은 앞서의 가정이 몇 년 뒤 겪을 일이다. 고분고분하던 아이가 사춘기라서, 나쁜 친구를 만나서, 선생님과 엇나가서, 원하던 무언가가 안 돼서 등, 어떤 계기로 갑자기 달라졌을까? 대다수 마음속에 칼을 품고 겉으로는 아닌 척 견디느라 곪아 터진 아이의 속을 부모가 몰라서일 때가 많다. 비정상적으로 흐르던 아이의 일방적인 마음은 되돌아오지 않는 사랑에 절망하면서 공격적으로 돌변하기도 한다.

　나는 주변 사람들과 일방적인 관계는 아닌가? 어른끼리는 기브 앤 테이크를 잘 하면서, 아이나 부하 직원은 다르게 대하지는 않는가? 카드 연체를 돌려 막듯 인간관계도 그때그때 임시로 메우며 넘기고 있지는 않는가? 여전히 얼어붙은 표정으로 진료실을 나가는 아이와 가족의 뒷모습을 보니, 따뜻한 봄바람에도 왜인지 공기가 더 서늘해진 듯하다.

배려와 시선

"어머 얘가 왜 이래!"

아이가 불쑥 진료실 모니터 선을 잡아 넘어뜨리자 아이 엄마가 외쳤다. 하지만 엄마의 시선이 먼저 향한 것은 아이보다도 내 표정이었다. 오랜 진료 기간 동안 아무리 아이의 증세가 나빠져도 침착한 대처와 태도를 지켜 그간 내가 내심 존경하던 보호자였다. 때문에 그 순간 무너진 그녀의 태도와 시선이 나는 더 당황스러워서, 혹시 내가 화를 낼까 봐 걱정했던 걸까? 다른 문제라도 있는 것인가? 의아해했지만 답을 알 수가 없었다.

그날의 표정이 무엇을 의미하는지 어렴풋이나마 이해하게 된 것은, 내가 다리를 다쳐 여러 번의 수술과 재활을 시작하게 되면서부터였다. 태어나 처음으로 나는 내 의지와는 별개로 남들의 이목을 끌게 되었다. 수술 후 몇 달간 침상 생활만 하다, 가족에게 중요한 행사가 있어 음식점에 처음으로 갔던 날이었다. 주차장에서 바로 들어갈 수 있고 문턱이 없어 익숙하지 않은 목발로도 갈 수 있을 만한 음식점을 간신히 찾아내어 다행이라고 생각했건만, 어쩐 일인지 예약된 자리가 넓은 식당의 맨 끝에 있었다. 그리고 홀을 가로질러 가는 내내, 목발과 내가 세트로 식당 내 다른 손님들과 직원들의 온 시선을 끌었다. 저런 다리로 여기를 왜 오냐, 보기 불편하다는 속삭임과 시선들이 흘끔흘끔 뒤섞였다. 점점 늘어나는 식은땀은 목발이 손에 안 익어서만은 아니었다. 번잡하던 식당 안이 급 조용해지니 꼭 다들 나를 지켜보는 것만 같았기 때문이었다. 물론 그런 생각은 실제보다 당시 의기소침해진 내 마음의 탓도 있었겠지만, 동행했던 가족들 역시 사람들의 시선과 분위기에 당황한 나머지 음식 맛은커녕 이야기를 나눌 여유도 없이 부랴부랴 식사를 목에 부어 넣다시피 하고 서둘러 일어섰다.

환아와 보호자들은 종종 병보다도 주변 시선의 날카로움이 더 아프다고 한다. 건널목 한중간에서 병적인 증상으로

꼼짝 않는, 어느새 자신보다도 커버린 아이를 어떻게든 끌고 가려고 끙끙대던 한 보호자는 주변에서 들리는 '쯔쯔쯔' 혀 차는 소리와 끊이지 않는 경적, '저런 애를 왜 데리고 나와 서…'라는 중얼거리는 소리들이 귀에 쉬지 않고 꽂히자, 그 순간 그대로 아이를 안고 달리는 차에 뛰어들고 싶었다며 눈 물을 터뜨렸다. 아이의 손 저지레에 순간 내 표정부터 살피 던 그 어머니도, 배려 없는 시선의 칼끝이 행여 아이의 치료 자에게서도 나올까 본능적으로 살폈던 것은 아닐까.

　나의 경우 목발에서 벗어나 빨리 일상으로 돌아가기 위 해 강도 높은 재활 운동이 필요했다. 내 주치의는 아파도 무 조건 나가서 걸어야 한다고 강조했다. 나 역시 몇 달 동안 병 실과 집 밖을 나가지 못하다 보니 평범한 산책이 너무도 그 리웠지만, 사람들이 잘 다니지 않는 밤늦은 시간에야 조심스 럽게 산책을 시도했다. 그런데 알고 보니 늦은 밤, 인적이 드 물어지는 그 시간이면 우리 동네에 몸과 마음이 불편한 사람 이 다 나오는 듯했다. 동네에 산 지 10여 년이 넘어가건만, 이 작은 동네에도 남의 도움이 있어야만 산책이 가능한 이들 이 이렇게 많다는 것을 이제야 알게 되었다는 것이 부끄러웠다. 날이 밝고 좋을 때면 나오지 않는, 마치 이 동네에 살지 않는 사람들처럼 존재하는 사람들. 그들의 산책을 막는 것은 자신이 지극히 '정상'이고 평범하다고 믿는 나를 포함한 다수의 폭력적인 시선일지도 모른다.

　아주 가냘픈 '정상 범주' 안에 욱여넣어진 이들이 아니라면 평범한 산책마저도 어렵다. 우리 사회의 장점이 참 많다고 생각하지만, 더불어 사회적 약자도 함께하는, 여유롭고 다양한 아름다움으로도 환한 사회였으면 싶은 욕심이 든다.

절전 모드

인간의 뇌를 혹사시키는 것 중 하나는 '불확실성'이다. 직장 내 중요한 정규 회의의 진행을 맡게 되었다고 생각해 보자. 처음에는 회의 준비에 매우 스트레스를 받겠지만, 경험이 쌓이면서 점차 시간과 노력을 적절히 분배하고 일정을 조정하여 가능할 때에는 휴식을 취하는 등 나름 적응해 나갈 것이다. 그런데 만약 상사나 회사 상황이 너무 변덕스러워 회의가 언제 열릴지, 시간은 얼마나 걸릴지, 내가 무엇을 어떻게 준비해야 할지를 전혀 예측하기가 어렵다면 어떨까? 설령 이런 기습 회의들이 종종 예상보다 쉽게 끝난다고 할지라도 우리의 뇌는 불규칙성과 예측 불가능성에 큰 스트레스를 받는다. 그래서 늘 긴장된 상태로 레이더를 세우고 민감하게 있느라 뇌가 지치면 결국 뇌가 관장하는 몸의 시스템, 면역 체계가 흔들리면서 자잘한 병에도 쉽게 노출된다. 게다가 불편하고 불쾌한 기분이 바닥에 깔리다 보니, 사소한 일에도 과민해지면서 주변 사람들과 부딪치는 악순환을 겪기 쉽다.

인류는 언제나 위험 속에서 생존해왔지만, 최근에는 비교적 많은 사람들이 전쟁과 기아의 위협에서 살짝 비껴간 풍요를 누리며 마치 '보장된 일상'인 양 살고 있다. 현대의 많은 이들이 맹수에게 공격당하거나, 매 순간 누군가에게 끌려갈 위험 속에 벌벌 떨면서 살지 않기 때문이다. 그러다 이제 우리는 다시 한 번 전 세계를 위협하는 불확실성에 노출되었고, 예상하지 못했던 거대한 위기에 많은 사람들이 고통을 겪고 있다. 사실 미래 인류의 위기는 바이러스일 것이라는 경고는 여러 전문가들을 통해 있어왔다. 다만 인류의 의료 시스템이 최고의 능력을 발휘하고, 이제는 에이즈도 암도 치료가 가능한 경우가 많아진 시대이다 보니 아무도 그 '언젠가'가 당장 지금이 될 거라고는 생각지 않았을 뿐. 다행히 그간의 경험과 과학의 발전으로 우리에게 필요한 정보와 교육은 여러 기관에서 제공하고 있다. 다만 하나만 더 덧붙이고 싶다. 우리의 뇌는 이런 '불확실성'에 노출된 시간 이상으로 '절전 모드'도 필요하다는 사실이다.

　장기화된 스트레스로부터 가랑비에 옷이 젖듯 부지불식 간에 몸과 마음이 축나지 않게 정비하는 시간을 갖는 것이 그 어느 때보다 중요한 시기이다. 피치 못하게 쉴 시간을 찾 기 어려운 상황일 수도 있겠지만, 그럼에도 우리는 자신과 서로를 아끼고 돌봐야 한다. 긴 호흡에서 보면 학업 진도나 업무 진척만 따질 것이 아니라, 한 걸음 물러서서 자신이 어 디쯤 와 있는지를 점검하고 앞날을 준비하는 시간이 필요한 것과 마찬가지이다. 4월은 잔인한 달이라고들 하지만 '지구 의 날'이 있는 지구의 달이기도 하다. 지구촌 한 등 끄기 캠 페인처럼 시끄럽고 과도한 자극으로부터 나의 뇌도 잠시 쉴 수 있는 각자만의 시간을 가져보는 게 어떨까? 지금, 잠깐이 라도 나의 뇌와 몸에 절전 버튼을 눌러보자. 나도 모르는 새 방전되기 전에.

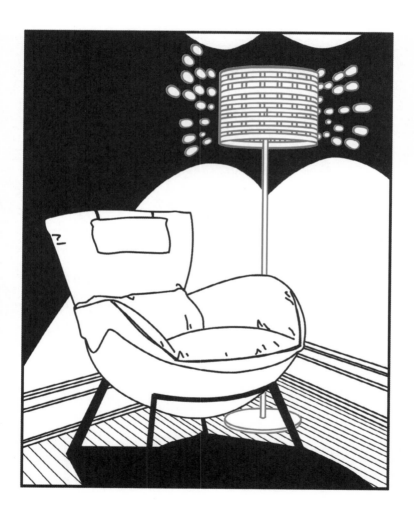

보살핌과 주고받기가 빈 자리

　진료실에 아이의 문제 행동을 고치고 싶다는 가족이 들어왔다. 그런데 막상 얘기를 듣다 보니 아이보다 부모가 더 위태로워 보였다. 남편은 퇴근해봤자 집이 돼지우리인데, 자기를 보면 언제나 집안일을 시킬 궁리만 한다며 아내를 비난했고, 아이를 보느라 종일 밥 한술 제대로 못 뜨는 아내는 툭하면 회식이라며 늦는 남편이 가장답지 못하다고 목소리를 높였다. 이런 갈등의 이유에 대해 혹자는 젊은 세대가 이기적인 게 이유라지만 글쎄. 그렇다면 윗세대는 이기적이 않아 문제가 없었을까.

　지금 우리는 스마트폰과 인터넷이라는 기술의 발달 덕에 언제 어디서나 직장인, 부모, 자식, 친구 역할을 동시에 하고 있다. 가정과 직장 안팎에서 동시 다역을 빈틈없이 해야 하는 사회에서 공부의 중요성은 예전보다 더하면 더했지 줄어들지 않았다. 때문에 아이가 공부에만 집중할 수 있도록 부모가 다른 모든 것들을 대신 보살펴주는 분위기가 지난 세대보다 더욱 강해졌다. 학업에만 열중하며 부모의 전적인 보살핌 속에서 자란 남녀가 성인이 되어 덜컥 가정을 감당하려니 이것만으로도 버거운데 아이까지 태어나면 그만 자신이 감당할 만한 수위의 한계를 넘어 버리는 것이다.

진료실에 찾아온 부모 역시, 상대에게 자신이나 아이를 보살피는 대리 부모 역할을 바라고, 채워질 수 없는 그 기대가 좌절될 때마다 서로를 비난하고 있었다. 부부는 부모 자식 사이가 아니건만, 일상에 치여 상대에게 자신의 부모가 해주던 역할을 바라며 다투니 자신의 아이에게 필요한 보살핌을 줄 여력이 있었을 리 없다. 그러다 메마름에 지친 아이가 참다 터져 병원에 오게 된 것이다. 가정에서 나의 자리, 그리고 내가 상대에게 바라는 점을 차분히 돌아봐야 메말랐던 자리에 서로를 위한 옹달샘을 만들고, 물줄기가 아이에게 닿도록 길을 내는 작업을 시작할 수 있다.

다행히 솔직한 이야기를 통해 미소와 원기를 되찾은 이 가정의 샘은 앞으로 어떻게 솟아날까. 기대와 함께 계획을 세우는 아이의 미소가 참 맑다.

생각의 우물

전국이 일일생활권이라더니. 강의나 회의차 지방을 오가는 일이 잦아지면서 깨닫게 된 것은, 막히는 도심보다도 오히려 다른 지역을 오가는 시간이 더 짧을 때가 드물지 않다는 점이다. 제주도 역시 당일 강의 후 바로 올라와 저녁 일정을 이어갈 수도 있다. 다만 체력이 부족한 탓에 이렇게 강행군을 하면 죽어라 일정을 달린 보람도 없이 며칠 골골 앓아누워 할 일이 더 밀리게 된다는 게 문제지만.

이런 생활을 반복하면서 깨달은 것 중 또 하나는, 사람이란 자신의 경험에 갇혀 산다는 사실이다. 숙련된 화가의 붓질처럼 빠르게 스쳐 지나가며 색이 뭉개져 보이기까지 하는 고속 열차 창밖의 자연을 바라보다가 학생 시절 우리들보다 먼저 운전면허를 딴 한 친구가 으스대듯 했던 말이 떠올랐다. 운전을 시작하니 거리의 개념이 바뀐다나. 나를 포함한 대다수 친구들이 뚜벅이었던 당시에는 친구의 말을 단지 자랑으로만 듣고 넘겼는데, 내가 운전을 하게 된 이후에야 비로소 그 말의 의미를 이해하게 되었다. 누군가의 도움 없이는 엄두도 못 냈던 곳을 얼마든지 갈 수 있게 되니, 내 세상은 어느새 경계가 바뀌고 있었다.

불과 수십 년 전만 해도 우리 사회에서 여행이란 국내든 해외든 드물고 희귀하기까지 했다. 그러나 이제는 여행이 일반화되면서 우리나라뿐 아니라 전 세계의 경계가 바뀌었다. 직업상 마주하게 되는 질병의 패턴 또한 정신없을 정도로 빠르게 바뀌고 있다.

보다 넓은 세상, 지식의 바다에 접근하는 것은 위험하고도 매혹적인 힘이 있다. 수백 년 전 산 하나를 넘는데 목숨까지 걸어야 했던 선조들의 사고방식은 지금 우리의 그것과는 사뭇 다를 것이다. 다만 생각은 노력 없이 그 속도를 따라가기 어렵다. 인간의 뇌는 무한한 가능성이 있는 대신 그만큼 경험의 한계를 벗어나기 어렵기 때문이다. 우물 밖을 모른다면 안에 머물러도 자신의 처지가 그리 안타깝지 않은 심리적 장점은 있겠으나, 잃고 있다는 사실조차 모른 채 많은 것을 잃어갈 것이다. 경험의 한계를 넓히려는 시도를 멈추는 순간, 우리의 뇌는 나도 모르는 사이 여지없이 게을러진다.

굳이 기발한 일을 시도하거나 멀리 여행을 가라는 뜻이 아니다. 평소와는 조금 다른 반찬을 먹거나 그릇 배치를 다르게 해보기, 잘 안 보던 스타일의 책을 시도해 보는 것, 원래 다니던 길에서 살짝 벗어나 한 블록 더 가보는 것도 좋겠다. 우물 밖 하늘이 낯설고 두려울 수 있지만, 그만큼 두근거리는 새로운 풍경이 나타난다. 이러한 작은 모험들이 뇌를 깨운다. 우리의 뇌를 깨울 소박한 모험, 작지만 용감한 마음의 여행을 응원한다.

보이지 않는 맹독, 불안

가벼운 증상이었다. 검사 결과를 설명하고, 치료 계획을 말하려는 찰나 시종일관 모든 것에 귀찮음과 무관심으로 일관하던 학생이 물었다.

"…그래서 저 언제 죽어요?"

인간의 뇌는 되도록 빨리, 많이, 그리고 최대한 불안을 감지해서 가능한 모든 위험에서 서둘러 벗어나게 설계되어 있다. 그렇게 진화한 덕분에 우리 인간은 많은 위협으로부터 최대한 살아남아 왔다. 다만 현대 사회는 과거와 달라, 이러한 불안감지시스템이 필요이상의 과도한 자극으로 병이 되곤 한다. 게다가 아직 뇌가 미성숙한 아이들은 소화할 수 없는 불안이 누적되면 점점 뇌 회로가 왜곡되어 발달하게 된다. 하루하루 일상과 다른 걱정들로 바쁜 부모의 눈에는 그저 어른들 속도 모르고 평소처럼 놀면서 엉뚱한 소리를 하는 것으로 보일 뿐이다. 아이들이 인형에 반복적으로 마스크를 씌우거나, 천진하게 놀다가도 불쑥 앞뒤 맥락 없이 전염병을 언급하는 것처럼 말이다.

국내외 정신건강의학회에서는 심리적 트라우마 상황에서 아이들의 일상을 유지하고, 그들의 수준에 맞춰 현재를 설명하되 부모의 불안을 전염시키지 않도록 주의해야 한다고 말한다. 또 매체를 통해 사건 정보에 지나치게 노출되거나 잘못된 정보를 접하지 않게 도울 것을 강조한다. 어른들과 달리 아이들은 과도한 정보를 정리할 수 있는 뇌의 용량이 부족하거나 기능이 아직 완성되어 있지 않았기 때문이다. 우리가 눈치채지 못하는 사이 아이들은 그 작은 뇌로는 감당하지 못할 불안과 공포를 쌓아간다.

진료실의 그 학생 역시 인터넷의 잘못된 정보만 보고선 자신이 곧 죽을 병에 걸렸다고 지레짐작했던 것이다. 두려움이 가득 차올라도 그 감정을 표현해낼 줄 몰라 겉으로는 태

연해 보이니, 가족과 친구들만이 아니라 정신과 의사인 나마저도 학생 스스로 물어보기 전까지 속마음을 전혀 알아채지 못했다.

　무표정을 가장했지만 순간 떨리던 그 아이의 눈동자가 요즘 들어 종종 생각난다. 더불어 강렬한 뉴스 헤드라인들과 자극적인 장면들을 볼 때마다, 몸의 건강만이 아니라 눈에 안 보이는 아이들의 뇌 속 건강 역시 걱정되는 게 나만의 지나친 직업병에 불과했으면 좋겠다.

걷기의 심리학

토요 진료 후 남은 업무를 마무리하고 진료실을 나서니 병원이 고요하다. 소음으로 북적이던 곳답지 않게 조용한 실내에서 빛이 반사되는 대리석 바닥을 운동화로 타박타박 밟는 소리가 마치 베이스 음 같다. 오전 내내 앉아서 일하느라 굳었던 몸이 슬슬 신체 리듬을 찾는다.

나는 얼마 전 다리를 크게 다쳐 구두를 신기 어려워졌다. 오랜 수련 기간 보수적으로 받은 교육 탓에 수술 후 복귀한 초기에는 진료와 회진 때마다 운동화를 신은 발이 어딘가 머쓱했다. 게다가 외부 회의나 강의할 때의 운동화 차림은 왜인지 예의를 차리지 못한 것 같아 민망했다. 하지만 구두를 못 신게 되면서 얻은 최고의 수익은 걷기의 즐거움을 새삼 알게 된 것이다. 서류들과 책을 끼고 병원과 학교를 오갈 때, 전보다 부쩍 몸과 마음이 편안하다.

걷기는 여러 면에서 인간에게 부여된 축복이다. 신체 건강에 대한 것은 그간 많은 전문가들이 강조해왔니, 여기서는 마음에 대한 것을 보자. 외상후스트레스장애Post-Traumatic Stress Disorder, PTSD라는 질환이 있다. 큰 충격으로 뇌의 기능이 다쳐 다양한 신체, 심리적 증상을 보이는 중한 병이다. 치료법 중 하나는 EMDR(Eye Movement Desensitization and Reprocessing)인데, 복잡한 이론을 간단히 말하자면 뇌에 '양측성 자극'을 주어 병든 부분을 재활하는 데 도움을 주는 치료법이다. 전문 치료만큼은 아니어도, 일상의 소소한 스트레스와 자극을 처리하는데 쉽게 적용할 만한 양측성 자극에는 어떤 것이 있을까? 두 눈으로 풍광을 바라보면서, 양 다리와 팔을 흔들며 걷는 것이 바로 그것이리라. 많은 연구에서 운동이 가벼운 수준의 우울과 불안에 도움이 된다는 것도 잘 알려져 있다.

물론 바스락거리며 밟히는 낙엽과 흙의 촉감, 바람의 흐름, 시시때때로 달라지는 빛을 느끼며 걸을 수 있다면 더 좋

겠지만, 현대인에게 당장 자연 속으로 간다는 것이 쉽지만은
않다. 그렇다면 머릿속이 깨끗이 비워지지 않는 요즘, 익숙
한 신발을 신고 동네 골목길이라도 터벅터벅 한 걸음씩, 멍
때리는 순간이 잠깐이라도 올 때까지 걸어보자. 질병 수준의
스트레스가 아니라면 마음이 1그램 정도는 가벼워질 테니.
비우는 만큼 더 많은 것을 얻을 것이다.

아이들의 상처

멍이 가득한 아이의 물음에 오늘도 진료 중 나는 아무 말도 할 수 없었다.

"선생님, 저 같은 일을 당한 애들이 정말 또 있어요?"

연일 TV에서 폭력에 노출된 어린 영혼들이 나온다. 나 역시 이 분야의 일을 하면서 직간접적으로 만난 아이들 여럿도 말 못 할 상황에 처하거나 가까스로 살아남았다. 미디어에 나온 지나치게 자세한 정보들을 보면 전문가인 나도 힘들지만, 나중에라도 자신에 대해 나온 무심한 기사를 검색해볼 아이들은 또 얼마나 큰 상처를 입을까 싶어 마음 한편이 더 아파 온다.

　폭력은 TV 속에만 존재하는 별세상 일이 아니다. 최근 미국의 어느 통계에서는 12명 중 1명의 아이가 가정폭력으로 심리적 위기 상태라고 밝혀지기도 했다. 우리라고 다를까. 전쟁과 테러가 아니더라도, 우리는 가정폭력과 아동학대가 굳게 닫힌 문 안에서 넘쳐나는 사회에 살고 있다. 당장은 심각하지 않아도 따돌림, 부부 갈등, 경제적 어려움 등 아이들의 뇌 발달에 겉으로는 잘 안 보이는 상처가 남는 일은 셀 수 없다. 게다가 더 큰 문제는 자잘하거나 굵직한 외상들이 뇌에 쌓인 채로 치료받지 못한 아이들은 어느새 어린 시절의 가해자를 뛰어넘는 괴물처럼 변하기도 한다는 것이다.

　우리 사회는 여러 끔찍한 상처들을 견디며 여기까지 왔다. 그러다 보니 안타깝게도 어른들은 자신들이, 또는 자신들의 어른들이 이겨냈다는 상처를 운운하며 어린 세대들은 감사히 참아야 한다고만 반복한다. 아프다고 우는 아이 앞에서 '라떼는 말이야~ 울지도 못하게 맞았는데, 너희는 운 좋은 거야'라는 말이 과연 위로가 될까. 또 그렇게밖에 말 못하는 어른들의 뇌 역시 심각하게 망가진 상태일 텐데 말이다. 견뎌냈다고 믿었던 그 상처가 바로 자기 안, 또는 눈앞의 괴물을 키워온 사실을 모른 채.

　주변의 고통에 눈을 감지 않는다면 '치유'는 불가능한 것이 아니다. 영화 속 히어로조차 혼자가 아닌 '팀'으로 함께 하지 않던가. 혼자서는 어려워도 하나하나의 우리가 끈질기게 함께한다면, 그래도 치유의 길이란 그렇게 멀고 먼 것만은 아니라고 믿고 싶다.

물건과 나

구두 장인들은 구두 뒤축만 슬쩍 봐도 신은 사람의 체형, 습관은 물론 직업과 성격까지 알 수 있다는 말을 들은 적이 있다. 비싼 신발이 좋다는 말이 아니라 종일 자신의 몸을 지탱해 주는 고마운 물건을 관리하는데 들이는 정성과 습관을 보면 결국 그 사람의 됨됨이를 알 수 있다는 의미일 것이다. 이 이야기를 들은 뒤로는, 구두를 만지는 직종에 있거나 관찰력이 뛰어난 사람들이 내 신발을 보면 과연 나를 어떻게 볼까 싶어 민망해질 때가 종종 있다. 한 번 사면 아끼고 아껴 애지중지 잘 관리하는 어르신들에 비해 단지 바쁘다는 핑계로 물건 관리를 참으로 못하는 성격이라 도둑이 제 발 저려서일까.

최근 한 가게에서 계산대 옆에 누군가가 두고 간 지갑

을 발견했다. 나 외에는 가게 안에 손님이 없었고 생각보다 주문한 음식이 나오기까지 오랜 시간이 걸리다 보니, 저 지 갑의 주인은 누구일까 하고 시작된 공상이 꼬리에 꼬리를 물기 시작했다. 색이 곱고 고급스러운 모양으로 보아 아마 도 외모에 관심이 많은 젊은 여성이 주인일 듯했다. 색이 바 랜 정도로 보았을 때 물건을 하나 사면 오래도록 아껴 사용 하는 성향일 것 같고, 지갑을 열어놓은 채로 떠난 것은, 계 산하다가 급한 일이 생겨 그만 지갑의 존재마저 잊어버리고 자리를 뜬 상황이지 않았을까. 지갑처럼 소중한 것을 두고 자리를 뜰 만큼의 사연은 과연 무엇일까? 열린 틈 사이로 현 금뿐 아니라 쿠폰으로 보이는 종이류 등이 꽉 차있는 것을 보니 단골 가게가 많거나 관심사가 많은 사람 같다, 하며 실 없이 이런저런 생각을 하는 사이 주문한 음식이 나와 몽상 에서 깨어났다.

계산을 하며 가게 주인에게 지갑의 존재를 알려주었더 니, 아마 앞 손님이 두고 간 것 같다고 했다. 다행히 가게 단 골이니 곧 연락될 거라는 답과 함께. 내 몽상 속 추측이 맞는 지, 어떤 사람인지 궁금했지만 상상은 상상으로 남기는 편이 좋을 것 같아 내 주문만 챙기고 더는 묻지 않았다. 연보라색 귀여운 지갑의 주인은 손자 손녀로부터 그 지갑을 선물 받고 애지중지하는 할머니나 할아버지이실 수도 있고, 건장한 체격의 성격 급한 청년일지도 모른다. 포장된 음식을 들고 나오며, 내 지갑이나 구두에서 엿보이는 나는 어떤 사람일까 싶은 생각이 들었다. 내게 속한 것들을 정성 들여 잘 관리하는 야무진 사람까지는 아니더라도, 아무렇게나 함부로 대하는 사람으로 비치지 않았으면 좋겠다.

귀신 잡는 약

소아정신과에서 "어떤 일로 오셨나요?"라는 물음에 듣게 되는 답은 일정한 편이다. 발달이 늦어서, 친구관계나 학교 문제가 있어서, 우울해서, 틱 때문에 등. 그런데 그날은 내 빈약한 상상을 벗어나는 답을 듣게 되었다.

"애가 악귀에 씌어서요."

당황한 내가 눈만 껌뻑이는 동안 쏟아진 아이 아버지의 말을 정리해보면, 요즘 아이가 새벽마다 깨어 부모도 못 알아보고 한참 악을 쓰며 울부짖다가 갑자기 까무룩 기절하듯 다시 잠들기를 반복했다. 그런데 아침이 되면 간밤의 일을 전혀 기억하질 못하니, 주변에서는 애가 귀신이라도 쓰인 것 아니냐는 말들이 나왔다. 그런 엉뚱한 얘기에 아버지는 처음엔 콧방귀를 뀌었지만, 걱정이 된 집안 어른들이 찾아간 점 집에서조차 아이에게 악령이 들어 굿을 하는 수밖에 없다 하 니 더 이상 그 말을 무시하기 어렵게 되었다고 한다. 그간 온 갖 인생의 풍파를 넘겨온 그이건만, 어렵게 가진 자식의 일 에는 그만 무너지고 말았던 것이다. 그러던 중 직장 동료가 굿을 하기 전에 병원에도 한번 가볼 것을 권해서 지푸라기 잡는 심정으로 찾아오게 되었다고 했다.

아이의 증상은 그 시기 아이들에게 뇌의 발달 중 나타날 수 있는 야경증night terror이라는 것으로, 성장기에 잠시 나타 났다 없어지는 경우가 많아 보통 악몽 때문이려니 하고 넘어 가게 되는 현상이다. 그런데 이 아이에게는 증상이 매일같 이 계속 반복되어 나타나는 바람에 그런 오해까지 받은 것이 다. 착잡한 표정의 아버지에게 나는 야경증에 대해 설명하고 최소한의 약을 처방했다. 덜렁 손톱만큼도 안 되는 양의 약 처방에 아이의 아버지는 잠시 당황하다가 "믿져야 본전이겠 죠?"라며 약을 가져갔다.

다음 진료에는 직장에 간 남편 대신 왔다며 아이 어머니가 아이와 함께 왔다. 약을 먹자마자 아이의 증상이 순식간에 사라졌다고 기쁘게 전하는 엄마의 말에 아이도 생글생글 웃었다. 환한 모녀의 모습에 나도 흐뭇해지려는 찰나, 지난번 진료 때만큼은 아니어도 어머니의 한마디가 또 어퍼컷을 날렸다.

"선생님, 그런데 약 한 알로 어떻게 귀신을 쫓아냈죠?"

지난 진료 때 했던 설명을 아이 아버지가 미처 전하지 않은 모양이었다. 순간 아이 어머니의 생각처럼 모른다는 이유로 벌어지는 혐오와 두려움을 없애 줄 '귀신 잡는 약'이 세상에 정말로 존재한다면 얼마나 좋을까 싶어졌다. 그럴 수만 있다면, 얼마든지 기쁘게 처방할 텐데 말이다.

별빛과 꽃잎

　　도심을 살짝 벗어난 외국의 어느 지역을 방문할 일이 있
었다. 생각보다 바쁜 일과를 소화해야 해서 도착 첫날은 바
깥 한번 쳐다볼 겨를 없이 지나가 버렸다. 두 번째 날, 아쉬
움에 숙소로 돌아가는 길이라도 천천히 걸어 보자 싶어 낯선
길을 나섰다. 종일 텁텁한 건물 안에서 일하다 선선한 바람
을 맞으며 걸어보니 마을의 느낌마저 다르게 느껴지기 시작
했다. 즐겁게 걷다 잠시 하늘을 올려다보니 어느새 어두워진
하늘 사이로 촘촘히 박힌 별빛이 쏟아지듯 내려왔다. 낯선
곳의 하늘은 낮보다 밤이 더 매력적이어서, 눈부신 네온사인
사이 컴컴하기만 한 서울 하늘과는 사뭇 느낌이 달랐다. 나
는 이국의 별빛에 반해 목이 아플 때까지 한동안 고개를 들
고 밤하늘을 바라보았다. 똑같은 빛 같지만 순간순간의 빛이
조금씩 달라 지루함을 느낄 수가 없었다. 그날 지구라는 행

성의 어느 마을에 서 있는 나의 눈에 닿을 때까지, 셀 수 없는 시간을 여행하여 온 빛에 담긴 우주의 이야기는 나의 상상을 뛰어넘을 것이다.

〈월하정인〉이라는 우리나라의 민화가 있다. 달밤에 남몰래 만나는 젊은 연인의 모습을 담은 그림이다. 수백 년 전의 사랑이라니. 주제도 신기하지만 전기 없이 빛이 부족하던 시절, 휘영청 밝은 달빛에 반사된 사랑하는 이의 얼굴이 보고팠던 젊은 선조들의 마음이 단순한 화폭에서 그대로 뿜어져 나온다. 고단한 낮의 노동에도 불구하고, 자연의 힘에 생존이 위협받던 시절이었건만, 조상들은 달빛에 의지하여 사랑하고 그런 사랑을 아름다운 그림으로 남겼다.

나의 할머니는 일제 강점기, 물자가 부족한 시절에도 사람들은 책장 사이사이, 들꽃이나 풀잎을 곱게 따서 말려두었다가 창호지에 발라 창문을 장식하거나 편지를 장식했고, 색이 고운 꽃잎들은 잘 이겨서 옷감이나 음식에 색을 내는 데 썼다고 말씀해 주시곤 했다. 생생한 이야기를 손녀에게 전하며, 할머니는 봄에 핀 진달래 꽃잎을 몇 송이 따서 찹쌀떡 반죽을 지지고 그 위에 곱게 꽃잎을 올린 화전을 만드셨다. 어린 나는 옛날이야기를 잘 이해하지 못하고, 그저 이렇게 예쁜 꽃을 어떻게 먹나 생각하며 능숙한 할머니의 손놀림을 신기하게 쳐다보다, 고소한 내음이 가득한 갓 만든 화전 맛에 홀딱 반하곤 했다.

이제는 언제 어디서든 환하게 지낼 수 있는 과학문명의 힘으로 밤늦게까지 몇 뼘 남짓한 컴퓨터 화면이나 서류뭉치들 속에 얼굴을 박고 지내는 요즘, 가끔 고개를 들어 하늘을 보거나 자연의 변화를 짬짬이 느끼는 순간들이 참 소중하다. 하늘의 풍경은 달라졌어도 〈월하정인〉의 마음은 그대로일 테니까.

학교 가는 길

아이가 다니는 학교의 교통지도 봉사는 드물게 동네 분위기를 온전히 느낄 수 있는 시간이다. 직업상 봉사를 하려면 진료 없는 날로 스케줄을 따로 맞추고 휴가도 내야 하기 때문에, 학부모로 접하게 된 이 제도가 처음에는 내심 껄끄러웠다. 하지만 몇 번 반복해보다 보니, 종일 건물 안에서만 머물며 어둑한 시간대에 출퇴근하다가 날 밝은 오전의 동네에서 계절의 변화를 느껴보는 것에도 나름 재미를 붙이게 되었다. 그래도 쨍쨍한 햇빛 아래이거나 살이 에이는 추위 속에서는 아무래도 몸이 힘든데, 예년보다 추위가 덜한 요즘에는 40여 분 한자리를 지키는 것도 할 만하다.

몇 번을 입고 들었건만 여전히 어색한 교통지도용 조끼와 깃발을 들고, 햇빛을 가릴 모자와 장갑을 낀 뒤 정해진 위치에 자리를 잡는다. 연습 삼아 만든 호두까기 인형 같은 어색한 느낌으로 시선을 어디 둘 줄도 모르겠는 초반 몇 초만 넘기면, 하나둘씩 등장하는 등굣길 앳된 아이들의 모습에 시선을 뺏긴다. 언제 보아도 길 위 아이들의 모습은 정말 각각이 다르고도 아름답다. 엄마 손을 잡고 함께 나왔지만, 반짝반짝 단장한 누나와는 달리 아직 눈에 잠이 가득한 어린 동생의 까치집 머리와 두꺼운 코트 아래 잠옷 바지 차림에 나도 모르게 슬쩍 웃음이 나온다. 어리광을 피우며 부모에게 대롱대롱 매달려 가다가, 친구들과 마주한 순간 반전 영화의 주인공처럼 부모 소매를 탁 놓고 으스대는 연기의 귀재들도 있고, 자기 반을 제대로 찾아가기는 할까 싶게 아직 아기 티를 못 벗은 어린아이들도 보인다. 신호가 바뀌자마자 우르르 또래들과 뛰어가는 아이들의 까르륵 웃음소리에는 덩달아 나도 즐겁다가, 왜인지 멀찍이 떨어져 땅만 보며 길을 건너는 아이의 어두운 표정에는 걱정의 오지랖이 앞선다. 그 와중에 학교 정문 앞에 떡하니 정차하는 차를 보고 눈살을 찌푸리려는 찰나, 힘겹게 목발을 들고 나오는 아이 모습에 역시 무턱대고 상황을 판단하면 안 된다고 생각을 가다듬기도 한다.

햇살이 높아지며 도로로 시선을 옮기면, 마스크 차림으로 칼같이 신호를 지키는 대중교통 운전기사도 있는 반면, 학교 앞이건만 창문을 열고 담배 연기를 뻑뻑 내뿜는 이들도 있다. 지정된 위치에서 시간의 변화를 바라보다 보면 헐레벌떡 뛰어가는 아이와 학부모들의 모습도 띄엄띄엄 줄어들면서 어느새 도시는 학생들이 아닌 어른들의 생활터가 된다.

시시각각 바뀌는 연극 무대처럼 어느새 모습을 바꾼 도시에 넋을 빼앗긴 사이, 수업 시작을 알리는 종이 울린다. 굳은 다리도 풀 겸 안내봉과 조끼를 반납하러 가는 길에 학교 운동장을 가로질러 가볍게 뛰어본다. 이렇게 아담한 곳이 어린 시절에는 왜 그리도 커 보였을까. 운동장 가득 수업 시작을 알리는 종소리가 더없이 경쾌하다.

커피 유감

급성장의 아이콘이자 '빨리빨리'로 유명한 우리나라답게, 커피 문화의 성장 속도 역시 놀랍다. 한 건물에 카페가 여럿 들어서 있는 것이 이제는 자연스럽고, 중독을 치료하는 정신과 의사인 나 역시 주변에서 중독자라고 놀릴 만큼 커피를 입에 달고 사니 말이다.

커피의 발견 자체가 칼디Kaldi라는 목동이 커피콩을 먹은 염소들의 활력에 찬 움직임을 우연히 보고 졸음과 싸우는 수도승들에게 전하면서 퍼지게 되었다는 설도 있으니, 커피를 즐기는 것에는 애초부터 뇌와 몸의 힘을 북돋으려는 목적이 있다고 봐야겠다.

그렇지만 서구와 우리나라의 커피 문화는 조금 다른 결

이 느껴진다. 전통적으로 '카페'라는 장소는 일상에서 잠시 벗어나는 휴식이자 선물 같은 시간, 지인들과의 편안한 담소, 때로는 다양한 토론의 장이다. 그런데 우리 도심에서는 24시간 카페에 추가 샷을 부어가며 공부든 일이든 자신의 평상시 역량을 벗어나는 성과를 내려는 애씀의 단면이 보인다. 물론 편안한 모임이나 자리나 나만을 위한 시간과 공간을 위해 카페를 찾을 때도 있지만, 직장가 주변 다닥다닥 붙은 테이크 아웃점에 점심시간마다 줄지어 선 인파를 보면, 아무래도 카페는 여유는커녕 최소한의 시간으로 최대한 버텨야 하는 독한 사회의 상징 같다. 과거 전통차 문화와는 시대 자체가 다르니 차이가 있을 수밖에 없겠으나, 잠 깨고 일하려면 '봉다리 커피'가 최고라는 어르신들의 농담 속에도 여유의 향기를 찾아볼 수 없기는 마찬가지이다.

이렇게 이 악물고 노력하는 국민들의 힘은 우리 사회가 일제 강점기와 전쟁, IMF, 심지어 최근의 코로나 바이러스로 인한 전 세계적인 위기마저 견뎌내는 원동력이 되어왔을 것이다. 하지만 여전히 한순간도 브레이크 없이 '사약 같은 커피 사발'로 온 정신을 갈아 넣고, 내가 아니면 남의 힘

을 쥐어짜서라도 달려야 한다는 분위기가 안쓰럽다. 경기 중
'부상투혼' 운운하며 몸이 망가져도 멈추지 않는 선수에게
환호하며, 모든 분야에서 생명을 갈아 넣는 노력을 하는 것
이 과연 건강한 사회인가 고개를 갸웃하게 된다.

그런 미심쩍음과 별개로 나 역시 오늘 진료를 마치면
병원 옆 카페를 참새 방앗간처럼 들를 것이다. 하지만 오늘
만이라도 조금은 여유를 가지고, 천천히 그 맛과 향기를 음
미하며 마셔봐야겠다. 100미터 달리기하듯 시간에 쫓기지
말고.

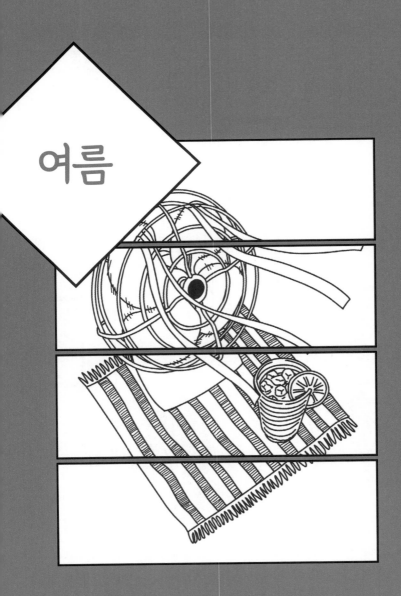

여름

훅! 하는 더운 바람에 눈살이 찌푸려지려는 찰나, 다다다다 뛰어가는 아이들의 한껏 높아진 목소리가 들린다. 우와! 이제 진짜 여름이다, 그치, 그치?! 맞아 맞아!! 송알송알 땀방울을 달고도 신이 나서 달려가는 목소리에 찌푸려지던 눈썹이 둥실 올라간다.

그렇게, 시원한 음료수가 반가운 계절이 왔다.

초여름, 비

어릴 적 기억 속 여름은 그늘 한 점 없는 따가운 햇볕과 더불어, 먹구름 속에 끝 모르게 퍼붓던 장대비가 대조되어 떠오른다. 친구들과 한참 땀에 젖어 놀다가도 이 시리게 시원한 수박 한 입이나 덜 녹은 설탕 알갱이가 더 달달한 얼음 동동 미숫가루를 훌떡 넘기면 금세 다시 신이 났건만. 왜인지 장마가 시작될 즈음이면 노는 것도 시들해져, 생기 없는 이파리처럼 축 처진 채로 창문에 떨어지는 빗방울만 물끄러미 쳐다보던 기억이 난다. 그러다 보면 쨍한 매미 소리와 경쟁하듯 퍼지던 친구들과의 웃음소리가 아득한 옛일만 같아서, 장맛비는 왜 다른 비 오는 날들보다도 더 묵직하게 느껴지는 건지 갸웃거리게 되었다.

장마뿐 아니라 자연의 변화는 각각 다른 색과 감정을 전

해준다. 가을비는 알록달록 낙엽에 빛을 더해가며 어딘가 풍성한 안도감을 풍긴다. 기온이 낮아진 거리에 깔리는 초겨울 비는 아무리 안개같이 약한 빗줄기여도 풍경과 마음을 더 허하고 오싹하게 흔들고, 언 땅을 녹이는 봄비는 새로 피어나는 새싹들의 노래 같아 반갑다. 그리고 얼마 전 내린 비는 대기가 끓어오르기 전, 후드득 떨어지는 빗소리마저 생명력 넘치는 초여름의 기억을 불러왔다.

내가 비상근으로 출근하고 있는 센터는 매일 오가는 병원이나 학교 건물들과는 달리, 계절이 그대로 느껴지는 오래된 건물이다. 언제나 인파와 소음이 가득한 대형 병원과는 여러모로 반대의 매력이 있어서, 오전 회의를 마친 뒤면 혼자 건물 각 층을 점검할 겸 천천히 둘러보는 게 언제부턴가 나만의 루틴이 되었다.

그날도 내부를 돌아보던 중에 예고 없이 비가 내리기 시작했다. 아직 방문객이 없는 불 꺼진 층에 다다르자 초여름을 부르는 빗소리는 한층 더 가깝게 들렸다. 짙푸른 나뭇잎 사이로 창문을 때리는 빗방울들이 음악처럼 흘러내리는 것

을 지켜보다 나도 모르게 아무도 없는 책상에 앉았다. 비의
방문은 예상보다 짧게 끝나 어느새 부쩍 녹음이 짙어진 풀밭
에 이슬만 남고 공기도 한층 가벼워졌다. 잠깐의 비가 여름
을 한 뼘 더 불러온 듯하니, 진정 여름의 생명력을 온전히 느
낄 나날이 성큼 다가왔음을 느낀다.

내 안의 킹콩을 다독이기

나의 가장 큰 단점(들 중 하나)은 단연코 급한 성격이다. 의사, 선생, 관리자 역할이 섞인 생활을 10여 년째 하다 보니 조급한 성향은 점점 더 심해져 조금만 일정이 어그러져도 어쩔 줄을 모른다. 궁색한 변명으로는 분 단위로 바쁜 일정 탓을 해보지만 결국 성격이 급하고 미숙해서이리라.

몇 년 전, 직원의 사소한 실수에 얼굴이 벌겋도록 벌컥 화를 내는 사람을 보고, 아무리 상대가 어려도 나는 저러지 말아야지 생각한 적이 있었다. 하지만 나중에 나 역시 비슷한 상황이 되자, 얼굴 거죽만 벌게지지 않았을 뿐, 생각이 멈추고 표정관리가 안 되어 유치해지는 것은 똑같았다. 뒤돌아 생각해 보면 그전 경험이나 내가 겪은 일들이 그렇게 화를 낼 정도라기보다는 작은 오해나 착각이 빚어낸 촌극이 대부분이었다. 제3자의 눈엔 별일 아닌 일에도, 당장 뇌 속 알람이 울리면 순간 이성은 날아가고 동물적 본능만이 남아 킹콩처럼 우악스레 날뛰기 때문이다.

마음을 잘 다스릴 수 있도록 끊임없이 가르치고 또 겪는 직업이건만, 어느새 이론은 까맣게 잊고 펄펄 뛰는 자신을 보면 그만 한숨이 나온다. 하지만 쉽게 안 바뀌는 것은 비단 나뿐만이 아닌 인간 뇌의 특성이니, 뇌의 겉껍질 뚜껑이 종종 성급히 열리는 것을 인정하면서도, 다양한 입장에서 살아야 하는 현대인의 특성상 그나마 최소한의 실수로 살 방법을 찾아야 한다. 나이가 들수록 그 얄팍한 뚜껑을 잘 붙들어 매지 않으면 파장이 나 하나 손해로 끝나지 않게 되니 말이다.

인간은 평생 배우고 다듬어야 하는 존재라 언젠가는 그 방법이 또 바뀌겠지만, 나는 요즘 스스로를 다스리기 위해 종종 목적 없이 걸으며 생각을 정리하거나, 떠오르는 대로 글을 쓰곤 한다. 양질의 글을 읽는 것도 좋지만, 남이 이해할 수 있도록 글을 쓰는 행동은 뇌의 겉껍질을 상당히 많이 쓰는 작업이기 때문이다. 그래서 제아무리 펄쩍펄쩍 뛰던 일도 누군가 이해할 수 있도록 썼다 지웠다 하다 보면 물색없이 날뛰던 킹콩은 다독여지고, 살짝 짜증 난 원숭이 수준이 되어 적어도 나를 망가뜨리진 않게 된다. 다만 글을 쓴다는 건 진화학적으로 늦게 발달된 뇌 부위를 쓰는 행위라, 퇴화되지 않도록 끊임없는 훈련이 필요하다. 하지만 펜은 칼보다 강하다는 서양 격언은 여러모로 맞는 말이니, 그 훈련은 분명 가치가 있을 것이다.

저마다 본인에게 가장 잘 맞는 방법은 다르겠지만, 내 안의 예의 없는 킹콩을 다스릴 각자의 비법을 찾아 평온의 순간을 찾을 수 있기를!

흙탕물이 지나가는 길

　갑자기 걸려온 전화 한 통으로 심란한 상황이 시작되었다. 시작은 참 사소한 일이었는데, 작고 오래 묵은 문제들이 잘못 해석되어 어느새 눈덩이처럼 부풀었다. 내 입장에서는 참으로 억울하고 그간의 노력이 다 허사인 것 같은 속상함 때문에, 통화 이후 열린 중요한 회의 시간 내내 회의에 집중하기가 영 어려웠다. 그러다 문득, 지금 이 상황이 나라는 개울물 위로 한 줄기 흙탕물이 지나가고 있는 것은 아닐까 하는 생각이 들었다.

　아무리 깊은 산속 개울일지라도, 때론 지나가던 산짐승의 움직임에, 때론 소낙비에 떨어진 암석 조각에 흙탕물은 예측 없이 일어난다. 바닥이 깊은 묵직한 물이라면 웬만한 변화에도 그다지 영향을 안 받겠지만, 나처럼 얕은 개울은 개구리의 뜀박질이나 흔들린 돌멩이에도 온갖 흙탕물이 다 일어 시야가 흐려지는 일이 부지기수이다.

그런데 가만 보니 통화가 끝난 후에도 흙탕물이 쉬이 가라앉지 않고 계속됐던 이유는, 훅 하고 어지러워진 시야에 당황하여 물을 가만두지 못하고 자꾸 허공을 휘저었던 내 손길 탓이었다. 그대로 두었다면 물길은 이미 한참 전에 저 아래로 굽이굽이 흘러갔을 텐데, 흙탕물의 진원지를 파보겠다고, 어떻게든 내 노력으로 잠재워보겠다고 헛된 손짓으로 허우적거린 통에 자꾸 흙먼지가 올라왔던 것이다. 흙탕물이 지나가는 길을 내 헛된 노력이 가로막고 있다는 사실을 알아차리자, 비록 문제는 해결되지 않았지만 마음만은 불구덩이에서 내려와 조금씩 식기 시작했다.

어지럽던 마음이 식어가는 동안 곰곰이 내 모습을 돌이켜보니, 헛된 분탕질에 낭비한 시간이 조금 안타까웠다. 그럴 시간에 차라리 물길의 유속이 빨라지길, 또는 흙먼지에 다른 탈은 안 나길 살펴보는 게 보다 현명했으리라. 다음에 마주할 흙탕물에는 나도 모르게 휘젓는 손을 조금은 빨리 멈

취보려고 노력해봐야겠다. 얕은 개울물일지언정 물은 아래로, 아래로 흘러가는 법이니까.

더위와 망상

얼음이 가득한 잔을 들고 선풍기 앞에 앉으니 아이고 이제 좀 살겠네 소리가 절로 나온다. 이가 시리게 찬물을 한 모금 벌컥 들이켜며, 고질적 습관인 '멍 때리며 엉뚱한 생각하기'에 빠진다. 현실에 치여 복잡한 일들로 머리가 아프면 이 고질병은 더 심해지곤 한다. 선풍기는 무슨, 얼음 한 조각도 왕이나 접하던 시대에 내가 태어났다면. 전쟁통이라 시원한 물은커녕 당장 죽고 사는 위협에 쫓기고 있다면. 여전히 지구 반대쪽의 상황이 그러하듯이 수십만 킬로미터를 조금이라도 덜 더러운 물을 긷기 위해 걸어야 하는 곳에 내가 살고 있다면.

이런 습관이 언제부터 들었는지는 분명치 않다. 어렸을 때 어디에선가 '인간은 생각하는 대로 느낀다' 등의 글귀를 본 걸까. 다 커서 정신과학을 전공하며 알게 되었지만, 실제로 노력에 따라 우리의 뇌는 감정을 변하게 할 수도, 반대로 감정 때문에 뇌가 변화할 수도 있다. 아무리 자신이 합리적이고 이성적이라 자부할지라도 우리의 뇌는 선사시대 원시인에서 그다지 변한 것이 없다. 감정에 따라 먼저 행동하고, 여기에 합리적인 설명을 슬쩍 자신(의 뇌)도 모르게 갖다 붙인다. 학생 시절, 한 친구가 "덥다 덥다 하지 말고 아 추워 아이 시원해 해봐. 그럼 덜 힘들어."라고 말하곤 했는데, 나는 그때마다 더워 죽겠는데 뭔 소리냐고 퉁명스레 받아쳤던 기억이 난다. 뒤에야 알게 된 그의 상당히 고통스러운 성장기를 생각해 보면, 그 친구는 삶 속에서 생각이 감정을 지배하는 방식을 이미 알고 있었던 것 같다. 굶주릴 때에도, 가족이 흩어져도 '괜찮아, 나는, 우리는 괜찮아'라고 되뇌면서. 회피로 보일 수도 있지만, 감정을 배제하고 현 상황을 냉정히 판단하고서 강한 희망의 말을 되뇌다 보면, 이러한 희망이 현실을 이길 힘이 되어주거나, 설령 현실이 바뀌지 않더라도 감정에 휩쓸려 극적으로 터지는 것은 막아준다.

　그러기엔 감정이란 것이 너무도 강하고, 나는 그렇게 의지가 강하지 않다고 생각하는 사람도 있을 것이다. 사실 나도 그렇다. 감정에 거리를 두는 연습이 힘들어 차라리 반대로 최악을 상상하며 지금에 감사하는 습관이 붙었을지도 모르겠다. 의외로 감정은 거짓말을 많이 한다. 당신은 감정을 어떻게 다루고 싶은가? 생각해 본 적이 없다면 한 번쯤은 냉정히 이런 생각에 잠시나마 풍덩 빠져보는 것도, 이 여름을 보내는 방법 중 하나일 것이다.

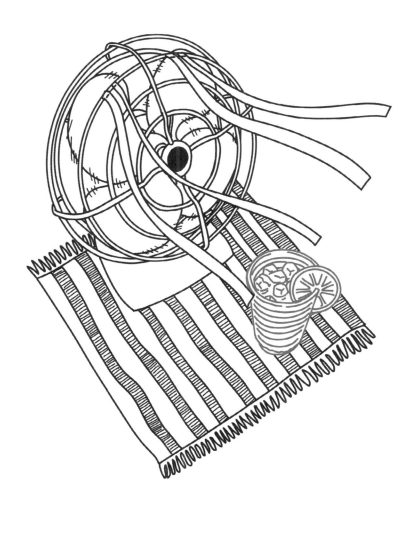

공간과 마음

동네에 산책로가 생겼다. 여러 구區에 걸친 드넓은 공간으로, 밤낮 할 것 없이 많은 이들이 찾는 아름다운 곳이다. 나 역시 가끔 늦은 밤이라도 부족한 운동량을 채울 겸, 복잡한 생각들을 자연 속에서 정리할 겸 산책을 나서곤 하는데, 그날 밤도 그런 평범한 날이었다.

익숙한 길을 따라 머릿속을 비우며 한창 걷던 중에, 반려동물이나 가족과 산책 중인 사람들, 잠시 바람 쐴 겸 나온 주민 등 일상의 풍경 사이로 갑자기 이질감이 느껴졌다. 전공이 소아청소년이라 노인환자들을 대할 일이 적어 무어라 딱 떠오르진 않았지만, 단정한 차림의 한 할머니가 내 시선을 확 잡아끌었다. 미묘하게 흔들리는 걸음걸이, 공기가 서늘한 밤이건만 얼마 동안이나 걸었는지 상기되고 지친 안색이 완연했다. 할머니는 나에게 다소 엉뚱한 지명의 길을 물었고, 나는 방향을 알려드리고는 그 불안한 눈빛과 걸음이 걱정되어 약간의 거리를 두고 그분의 뒤를 따라갔다. 할머니는 얼마 더 가지 않아 또 다른 사람들을 보더니 나에게 했던 것과 똑같은 길을 물었다. 나와 시선을 교환한 그 가족은 함께 할머니를 안심시켜 공원 벤치에 앉으시게 하고, 경찰을 불러 도움을 청했다. 그리고 출동한 경찰관 전화기 너머로 '치매'라는 단어가 들렸다.

공간이 심리에 미치는 영향을 연구하는 신경건축학Neuroarchitecture을 다룬 책 《공간이 마음을 살린다》의 저자 에스더 스턴버그는 인간에게는 단순한 공간의 개념을 떠나 심리적인 영향을 고려한 건축이 필요하다고 한다. 예를 들자면 실용성만 강조된 비인간적인 구조, 의료기기 소음으로 둘러싸인 단조로운 병원의 건축 구조가 환자의 인지능력과 심리뿐 아니라 심지어 질병에도 부정적인 영향을 미친다는 것이다. 책을 읽으며 들었던 생각은, 노년기 인구가 급격히 늘어나고 있는 우리 사회도 이제 보여주기 위한 것보다는 인간의 마음을 위하는 건축이 절실한 시기가 아닐까? 하는 것이었다.

　잠시 뒤 가족과 연결되고 연신 감사의 말을 반복하던 할머니의 표정이 잔상이 되어, 돌아오는 내내 그전에는 좋게만 보이던 산책길이 낯설고 불편했다. 어디에도 위치 설명이 없고, 안내판이 드문 데다 그나마도 밤에는 더 눈에 들어오지 않았다. 할머니에게는 갑자기 새롭게 생긴 이 거대한 산책로가 얼마나 깊고 깊은 산속 같았을까. 약자에 대한 배려가 없는 공간들 속에서, 우리 모두는 결국 이런 출구 없는 산책로에서 길을 잃게 되는 것은 아닐까.

장마가 아픈 사람들

　　어렸을 적 나는 비 오는 날을 참 좋아했다. 등하교를 하는 길이면 평소에 못 입던 우비와 장화 차림이 마치 무적의 갑옷인 양 물웅덩이를 텀벙했다. 어른이 된 지금은 비 소식을 들으면 다른 대부분의 사람들처럼 출퇴근길 걱정에 한숨부터 나오지만, 내가 더욱 비 오는 날을 싫어하게 된 데에는 또 다른 이유가 있다.

　　진료실에서 만나는 어떤 아이들은, 궂은 날씨에 증상이 더 안 좋아진다. 치료를 잘 받고 있는 성인 환자라면 자신의 상태를 잘 알고 있으니 면담도 가능하고 그에 맞는 약 처방의 조절도 상대적으로 수월한 편이다. 하지만 중증 자폐나 발달지연이 있는 아이들은 자신의 불편한 몸과 기분을 다룰 줄 몰라 부지불식간에 폭발하기 일쑤다. 문제는 이들이 성장할수록 나이 들어가는 부모가 그것을 감당하기 점점 어려워진다는 데 있다. 나 또한 진료실에서 증상이 악화된 환자에게 맞아 다친 적이 몇 번 있는데, 한동안 비슷한 환자의 이름만 대기자 명단에 떠도 가슴이 덜컥 내려앉았다. 진료실에서 잠시 마주할 뿐인 의사도 느닷없는 폭력에는 마음을 다스리기 어려운데, 평생 아이에 대해 마음을 놓을 수 없는 보호자들은 오죽하랴.

어린 아기를 안고 진료실 문을 두드렸던 젊은 어머니는 어느새 머리가 희끗해졌다. 이제는 진료실에 들어설 때 어머니의 눈빛만으로도 아이 상태가 보이지만, 의사로서 해줄 수 있는 것은 아이들이 커갈수록 줄어든다. 보호자와 치료자가 함께 머리를 싸매어 봐도, 어느새 덩치가 엄마보다 머리 하나는 더 큰 장성한 아이의 폭력을 막기가 쉽지 않다. 아이를 봐줄 적절한 시설을 찾는 것도, 입원을 스스로 거부하는 중증 환자를 입원시키기도 쉽지 않은 세상이니 말이다.

날씨가 어둑해질수록 부모의 눈빛이 구름보다도 낮아지고, 그들 어깨 위에 가득한 짐은 좀처럼 가벼워질 기미가 없다. 다음 진료일까지 살아서 만나자는 아이 부모의 해탈한 농담에 덩달아 웃어보지만 오늘따라 의사 가운마저 더 무겁게 느껴진다.

마음 운동

다리를 다친 후 재활치료를 받으면서, 평소 나의 잘못된 습관과 태도가 몸에 불균형을 만들어 왔다는 것을 알게 되었다. 익숙한 자세로만 지내왔던 세월이 쌓이며 차곡차곡 병을 만들고 있던 것이다. 현대인들은 구부정한 C자 자세로 지내는 시간이 길어서, 복근과 허벅지뿐 아니라 등 근육까지 많이 망가져있다고 한다. 그러니 목, 허리, 무릎, 발목과 같이 무게를 지탱하는 나머지 부위들의 통증과 이상이 자꾸 생긴다고 한다. 그래서 불편하고 어색한, 평소에 하지 않던 움직임을 일부러라도 해서 몸의 균형을 맞춰야 한단다. 한 치료사는 내가 사소한 일로 이상하리만치 크게 다리를 다친 것은, 그간 쌓인 불균형과 이상들이 결국 터진 결과일 것이라고 했다. 그 말을 들으니 예전부터 피곤하고 지치면 발목을 쉽게 접질리곤 했던 것과, 그때마다 바쁘다는 핑계로 그저 금세 좋아지려니 무심히 넘겼던 일들이 떠올랐다. 다른 것도 아니고 나의 몸이건만, 그동안 몸 앞뒤 안쪽의 근육을 생각하며 살아본 적이 거의 없었던 사실을 많은 대가를 치르고 나서야 깨닫다니….

거동이 불편해진 탓에 10년째 맡고 있던 강의를 화상 강의로 준비하게 되었다. 처음에는 불편하게만 여겼지만, 강의 환경이 달라지다 보니 매년 같은 제목으로 조금씩 업그레이드하던 익숙한 자료도 다시 한번 더 꼼꼼히 보게 되었다. 아마도 강의하는 마음가짐 또한 약간은 달라질 것 같다. 그간에는 졸음과 이해의 수준을 학생들의 표정과 자세를 보며, 눈 맞춤과 톤, 행동으로 강의 템포를 조절해왔는데, 이런 것들이 불가능한 화상 환경에서는 어떻게 집중도를 이어나갈까 고민이다. 하지만 이마저도 쓰지 않던 뇌의 근육을 쓰게 되는 것이니 불편해도 즐겁고 감사한 경험이다.

고인 물은 썩는다고, 직업이나 생활에서 부족하나마 관리자 위치에 서면서 어느 정도 익숙해졌다고 모든 것에 타성에 젖은 채로 살았던 것은 아닌지 반성해본다. 익숙하고 편

하다고 했던 습관적인 몸의 자세뿐 아니라 마음의 자세도 마
찬가지다. 매번 으레 그러려니 하는 깊이 없는 생각의 방향
은 마음도 지나치게 한쪽으로 쏠리게 하고, 결국 세상의 흐
름을 놓치고 자신의 균형도 잃게 만든다. 나이가 들수록 노
력이 없다면 몸의 근육도 마음의 근육도 퇴화한다. 생각난
김에 안 쓰던 근육을 일부러 쭉 펴고 내 몸과 마음의 균형을
위한 운동을 한다. 아직 거창한 운동은 못하더라도, 시작이
반이라는 변명을 슬쩍 걸치고서.

마녀와 과자의 집

한국 영화와 음악이 전 세계를 휩쓸든, 전염병이나 국제적인 위기가 지구를 마비시키든. 그 어떤 사안이 닥쳐도 소아정신과 의사의 직업병은 '그래서 아이들은?'인 것 같다. 사회가 불안정해지고 교육이 뒷전일 수밖에 없는 상황. 어른들이 무너져갈 때. 다시금 묻게 된다. '그래서 아이들은?' 먹고사는 게 시급한 데 무슨 뚱딴지같은 소리냐고 해도, 집안 아이들에게 지금 무슨 일이 벌어지고 있을까 노파심을 거둘수가 없다. 아무런 노력 없이 아이들이 안정한 가정에서 건강히 보호받을 거라 믿는 것은 맥없는 판타지에 불과하다.

아무리 십여 년 넘게 범죄 피해자들을 만나고 대하는 일을 업으로 하고 있어도, 어린아이들이 피해자인 사건은 나뿐아니라 많은 치료자들마저 휘청거리게 한다. 이럴 때 느끼는 불편감을 가장 손쉽게 떨치는 방법 중 하나는 가해자를 악마화하는 것이다. 평범한 나와는 전혀 다른 악당. 가족 구조, 인종, 직업 등 어떻게든 나와는 다른 꼬리표를 찾아 그들을 벌하고, 보편적 사회로부터 격리시켜 안전한 '우리'만이 남길 원한다.

하지만 아무리 열심히 평범한 '우리'와 선을 그어 그들을 타자화해도 그것은 잘못 채워진 단추가 될 뿐이다. 기사에 종종 등장하는 가해자는 나와는 거리가 있는 '나쁜 사람들'만 있는 것 같지만, 세계 각국의 각종 통계와 연구에서 밝혀진 대다수 아동학대의 가해자는 남이 아닌 지극히 평범한 친부모이기 때문이다. 동화 속에서 아이들을 과자의 집으로 꾀어낸 것은 마녀이지만, 애초에 아이들을 짐승들한테 잡혀 먹힐 숲속으로 떠민 것은 계모의 손을 빌린 친아빠였던 것처럼 말이다.

그동안 많은 아이들을 잃었지만 최근의 뉴스를 보니 다행히 깨어있는 시민의 힘이 한 아이를 구했다. 당장의 위기를 벗어난 그 아이에게, 가해자를 처벌하는 것 말고는 정말 필요한 것이 없을지 생각해 보았으면 좋겠다. '한 아이를 키우는 데에는 온 마을이 필요하다'는 말의 의미도 함께.

사람과 빈티지의 쓰임새

근처에 빈티지 가게가 생겼다. 이것저것 둘러보다 진열된 그릇에서 실금을 발견했다. 무심코 "참 귀한 것일 텐데 금이 갔네요."라고 말을 건네자 가게 주인은 배송 과정에서나 진열되어 있다가 부주의로 상처가 나는 경우가 종종 있다며 그릇을 들어 살펴보았다. 귀한 것으로 보여 내 것이 아닌데도 아깝다 싶어 신경이 쓰였는데, 의외로 주인의 표정은 그다지 속상해 보이지 않았다. 이내 그는 몇 가지 도구로 능숙하게 그릇을 손질하고는 선반에 널려있던 장신구들을 솜씨 있게 담아 순식간에 보석 받침대를 만들어 내었다. 잠깐 사이에 쓸모가 없어졌다고 생각했던 그릇이 원래부터 보석을 위한 것이었던 양 변신했다. 순간의 마법에 내가 신기해하자 주인은 빙긋 웃으며 말했다. "쓰임새는 상황 따라 달라지는 거죠."

어렸을 적엔 상대가 나와 잘 맞지 않아 부딪칠 것 같으면 그냥 최대한 거리를 두고 관계를 정리하려 들었다. 그런데 시간이 흐르며 보니, 한 면에서는 나와 안 맞던 이가 다른 일로는 잘 지내기도 하고, 나도 상대방도 가치관이나 스타일이 시간이 가면서 바뀌기도 했다. 한순간 안 맞는다고 다 정리하는 식으로 살다 보면, 주변에 남아있을 사람이 없다는 것을 슬슬 알아가게 된 셈이다.

진료 중 실제 진단의 중증도보다 더 심한 충격을 받는 경우를 본다. 물론 누구에게든 자신이나 아이의 아픔을 아는 것이 힘든 일일 테지만, 다소 과장하자면 그 어려운 부분 때문에 이미 자신을, 또는 아이를 '정상'에서 벗어난 '흠 있는 제품'으로 본다는 인상을 받기도 한다. 실제로 병원에 온 뒤로 부모가 자기를 보고 툭하면 '병자'라느니 '넌 이미 글렀어'라고 탓한다며, 차라리 병을 몰랐을 때가 좋았다는 아이들의 하소연을 듣는다. 몇몇 아이들은 "전 어차피 정상이 아니잖아요."라며 자포자기로 행동하기도 한다. '완벽한 정상'은 환상일 뿐이고, 그릇 하나도 세상에 쓰임이 다양하니 너는 너 자신으로도 이미 충분하다고 아무리 위로해도 상처받아 온 아이들의 표정은 쉽사리 풀리질 않는다. 선천적인 질병만이 아니라 노화나 예상치 못한 사고 등, 우리가 광고에나 나올 법한 '완벽'한 순간을 영원히 유지할 방법은 존재하지 않는다. 없는 환상에 매달리기보다 사람과의 관계에서도, 나 자신도 빈티지 그릇처럼 여유 있는 쓰임새로 살 수 있다면 좋겠다.

판, 소리와 추임새

문제가 생기면 서구에서는 영웅을, 한국에서는 책임자부터 찾는다고들 한다. 부정적인 남 탓 성향을 꼬집는 말이라 듣기엔 불편해도, 그 말이 맞다 싶은 경우를 우리는 어렵지 않게 마주하곤 한다. 그런데, 어느 날 나는 지나가다 우연히 마주친 작은 전통 음악 공연장에서 우리 문화에 대해 다르게 느끼게 되는 경험을 하게 되었다.

그날의 공연자는 능청스러운 농담과 재치를 섞어 판소리를 소개하는 것으로 무대를 열었다. 어딘가 어색한 청중들의 분위기는 어느새 소리꾼의 맛깔난 입담 덕에 금세 긴장이 풀어졌고, 나 역시 무대에 쏙 빠져 들어갔다. 진행자의 설명에 의하면, 판소리는 '판', 즉 청중, 사람들이 모여 있는 판에 '소리'자가 소리를 전하는 것을 말하는데, 이 과정이 일방

통행이 아니고 청중과 서로 소통하면서 완성되어 가는 것이 우리 전통 음악의 특징이라고 했다. 이러한 소통을 잘 보여주는 것이 바로 '추임새'인데 바로 '판'이 '소리'를 '추켜세워 주는' 것을 뜻한다고 한다. 그래서 청중이 공연자에게 '너 참 잘한다, 덕분에 신이 난다'며 칭찬하며 흥을 돋우는 것이 바로 '얼쑤', '지화자', '좋~다'라는 것이다. 그러니 잘 모르더라도 그저 흥에 겨운 대로 추임새를 던지면 되는 것이니, 다 같이 편하게 놀아 보자는 말과 함께 본격적인 공연이 시작되었다. 이에 청중 모두가 호응하여 저마다의 추임새를 던졌고, 소리꾼은 재치 있게 추임새 하나하나에 반응하며 공연을 이어나갔다.

그날 내가 느낀 것은 사람들이 서로를 배척하지 않고 너와 나의 구분 없이 광장, '판'에 모여 '소리'를 공유하며 즐기고 '추임새'로 소통하는 것이 우리의 진짜 전통문화라는 것이었다. 여러 역사적 비극과 일상의 크고 작은 고통들로 이러한 전통이 깨지고 고립되어가고 있는 현대 사회이지만, 잠시나마 옹기종기 모인 판에서 앞뒤로 주거니 받거니 하는 소통이 주는 힘은 대단했다. 돌아오는 길에서도 식지 않는

군불 같은 흥을 느끼며, 문득 우리가 일상에서도 추임새로 서로서로 추켜세워 준다면 참 좋겠다는 생각이 들었다. 남을 깎아내리기보다 소소하게라도 추임새의 마음을 전할 수 있다면, 힘든 시기라도 조금은 더 건강하게 견뎌낼 수 있지 않을까 싶다.

음식의 추억과 먹방

최근 불만 가득한 연락을 받았다. 그는 직업상 외국에 살고 있는데, 요즘은 한국, 아시안 마트가 흔하고 한국 방송도 인터넷으로 다 볼 수 있어서 그동안 향수병을 느껴본 적이 없었다고 한다. 그런데 한국 음식을 소재로 쓴 예전의 내 글을 읽고, 감당할 수 없는 그리움이 몰려와 타지 생활이 급속도로 힘들어졌다는 것이다. 시판 제품뿐 아니라 마트에서 만들어 파는 김치와 잡채, 불고기까지, 한국 음식이야 주변에서 쉽게 구할 수 있지만 고향의 맛은 그 어디에도 없더라는 말에 약간의 미안함과 함께, 문득 지인의 이야기가 생각났다.

외국에서 상당히 오래 공부했던 지인은 유학 초기, 전화도 편지도 쉽지 않던 시기라 여러모로 현지 적응이 어려웠다

고 한다. 그중에서도 가장 힘든 것은 언어도 인종차별도 아
닌 바로 음식이었는데, 당시 어려운 형편에 시간과 돈을 허
비할 수 없어 제일 싸고 빨리 먹을 수 있는 공산품만 쌓아두
고 먹으며 버텼단다. 그런데 수십 년이 지난 지금도 어디선
가 그 공산품과 비슷한 냄새라도 나면 그 시기 힘든 기억이
떠오르며 속까지 울렁거린다는 것이다. 반대로 가세가 기울
어진 탓에 가족이 모두 한동안 낯선 외국에서 살았던 또 다
른 지인은, 각자 바쁘게 일하다 모이는 늦은 저녁이면 지치
고 없는 형편이지만 현지 재료들로 대충이나마 한국식을 만
들어 먹곤 했었는데, 막상 생활이 안정되어 한국으로 돌아온
뒤로는 더 이상 그 음식이 그때의 그 맛이 아니라며 아쉬워
했다.

먹방이 유행이라고 한다. 굳이 지금도 세계 어느 곳은
식량이 부족하고, 우리나라에서도 굶고 있는 아이들이 얼마
나 많을까 등의 소위 고리타분한 이야기까지 가지 않아도,
소아정신과 의사 입장에서 어린아이까지 동원한 먹방은 학
대로 보여 마음이 불편하고 때로는 과도한 음식으로 행복
을 강요하는 듯해서 보기 거북한 경우가 있다. 그럼에도 한

편으로는 혼밥이 일반화된 지금, 타인이 먹는 모습에서라도 위로를 나누고 싶은 우리들의 허한 마음이 느껴져 안쓰러움이 앞선다. 결국 우리가 음식에 그렇게 큰 영향을 받는 이유는 그것이 생존을 위한 기본 조건이어서만이 아니라, 음식을 둘러싼 사람들 그리고 그와 연관된 우리의 추억들 때문일 것이다.

바람을 맞으며

저녁에 비가 온다더니. 바람에 날린 머리카락이 습한 피부에 달라붙고 눈을 찌른다. 평소라면 대충 묶고 말았을 텐데, 습기와 더위 때문인지 심란한 일로 꼬인 심사 탓인지 도무지 발걸음이 옮겨지지 않았다. 끈질기게 달라붙는 머리카락을 떼며 생각해 보니, 머리를 손질할 때가 한참 지나기도 했다. 다음 일정 장소로의 이동 시간을 계산하며 잠깐 망설이다 미용실로 방향을 돌렸다.

언제나 쑥대머리 상태로 나타나곤 했던 내가 익숙해서인지, 원장은 불쑥 들어서는 나를 보자마자 '쯔쯔쯔'라는 표현으로 머리 상태 진단과 인사말을 대신했다. 곧이어 그는 잘못된 머리 손질법에 대해 틈틈이 잔소리를 퍼부으며 능숙하고도 재빨리 머리를 다듬었다. 마지막 손질 후, 이제야 사

람 몰골이라며 원장과 웃음 섞인 인사를 나누고 문을 열고
나섰을 때였다. 딸랑이는 종소리와 함께 불어오는 바람에,
나는 문득 오즈의 나라에 떨어진 도로시처럼 딴 세상에 온
듯한 기분에 휩싸였다.

분명 조금 전에는 똑같은 날씨인데도 꿉꿉하고 후덥지
근한 바람에 숨이 턱 막혔건만, 지금은 부드럽게 날아와 머
리에 남아있는 약간의 물기마저 말려주듯 결결이 흐르는 바
람이 상냥하기까지 했다. 낮아진 구름만큼 선명해진 풍경과
맑은 공기 사이 섞인 비 내음 속에, 나는 마치 이국에 온 여
행자인 양 잠시 멈춰 숨을 들이쉬었다. 불볕 같던 기온도 살
짝 누그러져 술렁이는 머리카락과 얇은 여름 옷감 사이로 바
람의 흐름이 느껴졌다.

그 순간, 거대한 구름과 바람의 움직임은 안달복달 부잡
스럽던 심기마저 부질없게 만들었다. 곧이어 정신을 차리고
다시 다음 일정을 향해 서둘러 발걸음을 옮겼지만, 분명 일
상에 짓눌렸던 조금 전과는 다른 내가 된 듯했다.

한 호흡만큼의 멈춤.

우리는 잠시일지언정 자연 속 일부인 나라는 존재를 온전히 자각하는 시간이 필요한 것 같다. 이러한 순간 없이는 강한 뙤약볕에 색이 바래듯, 생기와 인간다움도 일상에 매몰되어 자신도 모르게 빛이 바랠지도 모른다는 생각이 바람결에 흘러갔다.

아이를 찾습니다

아이가 시야에서 사라진 것은 순간이었다. 오랜만에 엄마와 단둘의 외출이라며 들뜬 아이가 평소 좋아하던 빵집에 가자고 졸랐다. 빵을 고르고 계산하며 포장을 부탁하는 동안 아이는 가게 안에 모기가 있어 밖에 있겠다고 했고, 번잡한 가게에서 정신이 팔려 그 말에 당연히 두세 걸음 앞의 문밖에서 기다리고 있을 줄 알았던 것이 실수였다.

처음에는 종일 집에 있다 나왔으니 주변을 구경하느라 잠시 시야에서 벗어났으려니 했다. 나무나 우거진 풀숲 사이에 가려서 잠시 안 보이는 것뿐이라고. 주위를 돌아보길 몇 바퀴. 발걸음이 점점 빨라지다 휘청이며 순식간에 온몸의 피가 빠져나가기 시작했다. 직업상 범죄 피해자와 사건들을 일상으로 대하건만, 막상 내게 일이 벌어지자 머릿속은 먹통이 된 컴퓨터 화면처럼 쓸모없어졌다.

그렇게 어둑어둑해지기 시작하는 골목 안팎을 한 십여 분 미친 듯이 헤매다 다시 빵집으로 향했다. 길이 엇갈린 아이가 혹시 오면 연락해달라며 직원에게 전화번호를 남기는 내 목소리가 갈라져 나왔다. 그 소리에 주방 안에서 재료를 반죽하던 사장님이 앞치마를 훌쩍 벗으며 나와 아이 인상착의를 묻고는, 직원이 언뜻 봤다는 아이의 진행 방향으로 바로 달려 나갔다. 고맙다는 인사를 할 정신도 없이 나 또한 가게를 나와 한참 찾아다니는 중 핸드폰에 낯선 번호가 떴다. 길가에서 울고 있는 아이를 보고 대신 전화를 걸어주었다며 위치를 알려주는 침착한 목소리의 고마운 분께 나는 연신 감사하다는 말만 반복했다.

아이가 큰 병에 걸리거나 심각한 일을 겪은 부모들의 별거 및 이혼율은 급증한다. 위중한 사건에 직접 노출된 이들뿐 아니라 그 가족도 질병에 취약해져 원래의 건강 상태로 회복되는데 몇 년 이상 걸린다는 연구들도 있다. 내가 맡고 있는 강력 범죄 피해 치료센터에 오는 피해자와 가족들도,

사건 자체보다는 취약해진 건강과 나빠진 가족 관계에 더 고통받기도 한다. 충격의 상처는 당장 겉으로는 안 보여도 눈에 보이지 않는 질병처럼 주변에 번져 전염되거나 끝없는 악몽처럼 되풀이되어 자국을 남기는 것이다. 하지만 낯선 이의 어려움에 선뜻 나서준 빵집 사장님이나 지나가던 이의 작은 관심, 그 순간순간이 모여 끈질긴 악몽의 자국을 밀어낸다. 그래서 우리는 서로를 포기하지 말아야 한다.

물론 아이와 내가 그날 겪은 일은 인생에 있어 사건이랄 것도 아닌 작은 해프닝에 불과한 일일 뿐이지만, 우리가 받은 도움은 결코 작지 않았다. 긴장이 풀려 깊이 잠든 아이를 바라보며, 오늘 받은 온정을 언젠가 우리도 누군가에게 전할 수 있기를 기도하듯 중얼거려 본다.

안녕, 여름. 안녕,

여름이 끝물이라는 소식을 전하는 바람이 분다. 지구 온난화 탓인지, 극적인 소식들이 사회를 쓸고 가서인지, 아니면 나도 점점 나이를 들어가고 있어서인지. 어느 계절이나 물러감과 다가옴이 생경하지만, 유독 이번 여름은 그 퇴장이 더 강하게 느껴지는 듯하다. 대부분 실내에서 일하면서도 병원, 학교와 센터를 오가는 중에 몇 번이나 더위를 먹었던 비루한 체력인 주제에 여름이 가는 것이 아쉽다고 하려니 참 계면쩍다. 게다가 가장 큰 비중을 차지하는 이유가 음식이라니.

해가 어스름하게 기울면 동네 시장 골목은 거의 인적이 없다. 오래된 철제 셔터가 내려진 가게들, 길고양이만 어슬렁거리는 어두운 골목 한쪽에 따듯한 불빛을 내는 작은 술집

이 있다. 술집이라지만 주인도 '술도 파는 요리집'이라고 말할 만큼, 어떨 때는 따뜻한 흰밥에 얹어 먹는 고구마줄기 김치, 따로 끓여 차갑게 식혀 내는 찻물, 갓 튀겨 소스에 버물려 나오는 접시들이 다양하다. 술을 거의 못하는 편이건만, 낮의 공기가 유난히 뜨거웠거나 일에 더 치였던 퇴근길이면 우리 부부는 누가 먼저랄 것도 없이 간단한 늦은 식사를 위해 그곳으로 간다.

뜨거운 낮의 열기가 어슷어슷 식어가는 조용한 동네. 자그마한 가게 안에서 젊은 주인이 바로 해주는 요리와 손님들끼리 반 농담처럼 부르는 '숨은 부엌의 장인'. 주인장 어머니에게서 공수된 다양한 밑반찬을 곁들여 속이 뻥 뚫리는 시원한 맥주 한 모금을 넘긴다. 순간 뜨거운 공기 속에서 머리를 싸매던 한낮의 고민들까지 쏙 잠긴다. 다른 계절에도 여기는 또 그만의 매력이 있지만, 이번 여름의 맛과 기억은 이렇게 끝나간다. 각 계절마다, 각 장소마다 우리의 추억은 생생한 냄새, 소리, 감촉, 그리고 맛과 함께 저장된다.

과거와 같은 혹한과 굶주림, 극한의 생존 위협에 시달리는 시절은 조금 비켜나있다지만, 우리는 여전히 그리고 실제로, 또는 뉴스와 주변을 통해 상당한 고통과 불안을 짊어지고, 몸과 마음이 아픈 시기를 마주하고 있다. 그때마다 엉뚱하지만 나를 위로해 주는 음식과 곁들여진 추억을 마음속 한 귀퉁이에서 잠시 꺼내어 본다. 감사하게도 나에게 온전히 주어졌던, 순간이나마 행복했던 추억과 감각들을.

가을

세상에 어쩌면 이렇게 고우면서도 진득한 색일까. 유화 물감 덩
어리를 통째로 투두둑 떨어뜨린 양, 어딘가는 붓이 사르르 훑어
지나간 양, 어느 하나도 똑같지 않은 색으로 자연이 옷을 갈아
입었다. 곧이어 올 혹한의 겨울을 대비해 마지막으로 불태우는
계절이 안타까우면서도 반가운 것은, 길고 긴 겨울 뒤에도 또다
시 아름다운 이 계절이 찾아오리라는 믿음 때문인 것 같다.

한 권의 책과 커피 한 잔

밤늦게야 학회가 열리는 도시에 도착했다. 어두운 도시는 한국과 달라서, 늦은 저녁 시간에 문을 연 가게가 거의 없었다. 골목 사이에 위치한 카페를 간신히 찾아 한숨 돌릴 겸 커피를 시켰다. 손님이 없었던 터라 내가 마지막 손님인가 싶어 약간 눈치를 보며 앉아있는데, 이곳 주민인 듯 편안한 차림의 한 노인이 들어와 익숙한 손짓으로 커피를 주문했다. 복잡한 일들로 집에서 잠시 나온 것이든가, 친구를 기다리는 막간일지도 모른다. 하지만 머리가 하얗게 센 할아버지가 어두운 밤거리를 뚫고 성큼성큼 들어와 하루를 마무리하려는 듯 김이 모락모락 나는 커피 잔을 앞에 두고 생각에 잠긴 모습은 마치 영화의 한 장면 같았다.

하루는 주말에 당직을 서고 나오다 출출하여 눈앞에 보

이는 패스트푸드점에 들렀다. 자리를 찾느라 고개를 돌리니, 벽 쪽 한 테이블에 회색 하나 섞이지 않은 하얀 머리를 곱게 묶은 할머니께서 음료가 든 잔을 옆에 두고 두꺼운 영문 소설을 열심히 읽고 계셨다. 어수선한 주말의 거리. 장난을 치며 요란스럽게 음식을 먹는 아이들과 그 아이들을 단속하느라 바쁜 부모들, 서로 비속어를 섞어가며 떠들썩한 학생들 사이로 상당히 이질적이지만 어딘가 마음을 뺏기는 풍경이었다. 할머니는 책이 너무나 재미있다는 듯, 주변의 소음이 전혀 들리지 않는 듯 몰입하여 책장을 넘기다가, 누군가의 연락을 받으셨는지 더욱 즐거운 표정으로 책을 가방에 넣고 일어났다.

　　지금은 비록 일상과 업무에 치여 주말에도 일거리를 들고 집과 직장을 오고 갈 뿐이지만, 나 역시 염색으로도 해결이 안 될 만큼 머리가 센 날이 되면 과연 그렇게 커피와 문화, 자신만의 시간을 지키는 단단함을 지닌 노인이 될 수 있을까? 젊어서의 실수와 오해, 자책과 한숨으로 부끄러운 시간 모두를 하나하나 꼭꼭 씹어 소화시키며 쌓인 시간들. 그 시간들이 자신만의 시간, 자신만의 문화가 되어 주변에 좋은 영향을 끼치는 어른을 만드는 것일 텐데. 돈이 많다고 되는 것도 아니고, 같은 커피나 음료수, 같은 책을 들었다고 같은 높이의 어른일 수는 없을 텐데.

한 해가 익어가는 가을이 시작되었다. 나도 이제는 성장만 하는 나이가 아니다 보니 내가 서 있는 이곳에서의 나는 어떤 어른이 되어가고 있는가 다시금 생각해 보게 된다.

마음의 장면

몇 해 전 짧은 여행을 갔다. 일정 중 반나절이 비었던 차에 우연히 요가 무료체험 수업 안내문을 보고는 호기심에 숙소 밖의 요가 스튜디오를 찾아가 보았다. 숲 한가운데에 자리한 오두막의 문을 열자, 제각각의 언어로 소곤거리는 투숙객들이 보였다. 그들이나 나나 낯선 수업에 우연히 참가한 초보 중의 초보들이었다. 그럼에도 우리는 전면의 창으로 숲이 보이는 요가 스튜디오에서, 어설픈 동작일지언정 강사의 한 호흡, 한 호흡을 따라가며 자연의 거대함 속에 모두가 함께하고 있음을 분명히 느낄 수 있었다.

나는 학교와 병원 외에도, 트라우마 피해자들을 위한 곳에서 일을 한다. 이곳에 오는 이들에게 치료자들은 실제로 존재하든 존재하지 않은 상상의 것이든, 마음이 편안해지는 안전한 풍경을 떠올려 보도록 격려한다. 그게 별건가? 싶겠지만, 안타깝게도 강한 충격을 받은 이들은 절대적으로 안전한 단 한 장면조차 찾기 힘들어하는 경우가 많아서, 몇 번의 시도와 전문가의 도움 끝에 어렵게 안전지대safe place를 찾아내곤 한다. 한적하고도 평온한 자연 속 어딘가, 안락한 실내, 휴가지의 한순간, 영화나 소설의 특정 장면 또는 컴퓨터 바탕화면 등등… 처음에는 단 한 장면도 못 찾던 사람들이, 치료자와 함께 시간여행을 떠나듯 점차 그 장면 속에 잠겨든다. 흥미롭게도 이런 생생한 상상은 긴장과 불안에 시달리던 신경을 순식간에 고요하고 평온한 상태로 만드는 힘이 있다.

일상에 시달리며 뿔난 복어 같은 상태가 될 때 나 역시 마음속 그곳으로 간다. 전창으로 무성한 숲이 보이고, 발아래 오래된 나무 바닥의 삐걱대는 소리와 감촉이 느껴진다. 고개를 들면 부드러운 바람에 흔들거리는 나뭇잎의 움직임만 있을 뿐, 태초부터의 침묵과 거대한 자연이 나를 감싼다.

많은 사람들이 분노와 고통을 호소하는 사회에 우리는 살고 있다. 분노하지 말라는 것도 도망가라는 것도 아니다.

정당한 분노는 적절하게 표현되어야 할 것이다. 다만 지나치게 비대해진 분노와 불안, 온갖 부정적 감정이 스스로를 삼키는 것 같다면 한번 떠올려보자. 마음을 다해, 나만의 안전 장소를 찾아 몇 분이라도 그 안전과 평안에 잠겨보자. 별 도움이 안 된다면 또 다른 장면을 찾아서, 나의 뇌가 전해줄 평화를 찾을 때까지.

끝없는 허기, 불안

"선생님, 제 뇌를 좀 잘라내면 안 될까요?"

처음에는 농담인 줄 알았다. 모범생 분위기의 말쑥한 직장인 A씨가 차분한 태도로 꺼낸 말이라 내가 잘못 들었나? 싶기도 했다. 그는 어렸을 때부터 신경 쓰이는 일이 있을 때면 잠을 조금 설치곤 했지만, 그래도 어른이 되기 전까지는 좀 예민하다고만 느꼈지 크게 문제가 될 정도는 아니었다고 한다. 하지만 이른바 '사내 정치'에 실패한 뒤로, 사이가 안좋은 상대방 이름이 포함된 메일만 봐도 온몸이 벌벌 떨리며 식은땀과 함께 속이 울렁거렸고, 그렇게 종일 버틴 뒤 잠자리에 들면 낮 동안의 실수와 앞으로의 걱정으로 잠을 잘수가 없었다고 한다. 멀끔한 직장인의 겉모습과 달리 온갖걱정과 고민으로 머리가 터질 것만 같으니, 차라리 아픈 꼬리를 끊어내는 도마뱀처럼 아픈 뇌 부위를 버리고 싶다는 것이다.

인류는 지금껏 눈부신 문명과 문화를 만들어 왔다. 그러나 빛이 찬란할수록 그림자 또한 강해진 것인지, 우리는 자신의 몸과 마음을 갉아먹는 뇌의 불안과 공포에 쉬이 지배당한다. 과거처럼 기아와 날 것의 폭력에 계속 쫓기지는 않지만, 현대의 공포와 불안은 더욱 교묘하고 더욱 넓게 우리를 괴롭히는 것이다. 여전히 사그라지지 않는 전쟁의 위협과 자연재해뿐 아니라 특정 집단, 질환, 환경오염이나 범죄 등 잘 모르는 무언가가 불안의 대상이 되면 그 후폭풍이 더욱 커진다. 게다가 불안은 수많은 광고의 마케팅 수단으로 쓰일 만큼 인간의 상상력을 빌려 끝없이 증폭된다. 영화 〈센과 치히로의 모험〉에서 끝없이 허기를 느끼는 요괴 가오나시 같이, 하나의 불안이 잦아들어도 또 다른 불안을 불러일으키며 거대해질 뿐이다.

A씨의 불안은 어린 시절 그가 주변의 해로운 자극에 휩쓸리지 않고 잘 크도록 도와주었지만, 예측할 수 없는 세상

속에서는 결국 정도가 지나쳐 몸과 마음을 다치게 했다. 불안이라는 확대경으로 인한 왜곡에서 벗어나려면, 실제의 상황보다도 불안이라는 요괴가 우리를 더 다치게 하는 건 아닌지 냉정하게 살펴보며 파도에 휩쓸리지 않아야 할 것이다.

원시인의 불안과 우울

블루투스 이어폰으로 스마트폰 음악을 들으며 과학의 결정체인 차로 이동하고 있는 당신. 하지만 당신의 뇌는 사실 아직도 원시 시대 그대로에서 크게 달라진 것이 없다. 온라인의 세계에 뇌 기능 일부를 아예 맡기다시피 하고 사는 요즘의 뇌는 과거와 조금씩 달라지고 있다지만, 그것도 지극히 일부의 기능일 뿐. 머리의 (실제로) 깊숙한 곳에 있는 감정적인 뇌는 여전히 한번 자극받으면 활화산 터지듯 지각변동이 일어난다. 성숙한 어른같이 굴려고 해도, 배배 꼬여있던 자격지심, 또는 꼭꼭 감추려 했던 감정을 자극받으면, 아무리 노력해도 손부터 덜덜 떨리거나 힘이 들어가면서 얼굴이 벌게져 울화를 참기 어려워진다.

원시인이 동굴이나 무리에서 쫓겨나면 어떻게 될까? 인

류는 구석기든 현대사회든 무리를 지어 산다. 사냥을 나가도 홀로보다는 무리 사냥을 하고, 사냥이나 전쟁이 끝나면 곧 더 큰 무리, 가족에게 돌아갔을 것이다. 무리에서 멀어지면 생존에 대한 위협으로 인식해 뇌 속 시끄러운 알람을 울리며 불안이 폭발하고, 어떻게든 불편한 감정에서 벗어나고자 무리로 돌아가려 한다. 이렇게 장구한 세월 동안 무리의식이 강화되어 있던 인류의 뇌, 그 기나긴 세월 동안 지켜지던 견고한 집단생활의 원칙이 현대에 와서 갑작스러운 위기를 맞았다. 소외와 인터넷의 습격이 시작된 것이다.

은퇴 후 심각한 우울증에 시달리는 한 노년의 신사는 무리에서 떨어진 고통을 한 문장으로 전했다.

"저는 이제 사회에서 쓰레기처럼 버려졌어요."

은둔형 외톨이 아이를 데리고 병원에 오는 부모의 고통도 이와 연결된다. 하지만 이 소외의 충격은 아이와 어른들의 사회에서 다르게 나타난다. 아이들에게는 오프라인이 아닌 온라인이 바로 그들의 무리 생활이 된 것이다. 어른도 견

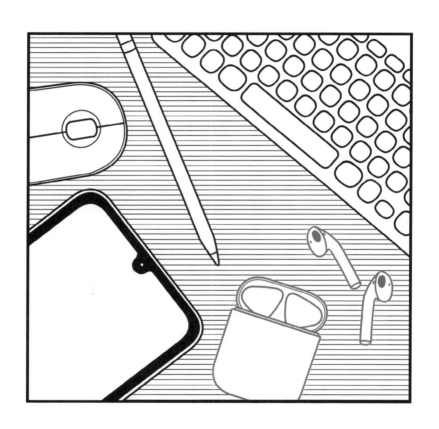

디기 어려운 외로움, 따돌림과 소외에 지친 아이들은 광활한 온라인 네트워크망에 몸을 담고 가족과 담을 쌓는다. 실제 위협에 대비하는 것만도 급급했던 기성세대에게, 가상의 온라인 속 '좋아요' 버튼 하나에 죽고 사는 아이들의 모습은 전혀 이해할 수 없는 것이겠지만, 민감한 10대에게 온라인에서 겪는 따돌림은 오프라인에서 겪는 것 이상의 심각한 충격을 준다. 게다가 세대 간의 낯섦에 서로 손가락질을 하다 보면 갈등은 더 불거지고, 상대를 같이 욕하는 '내 무리'에 대한 결속과 의존성은 더욱 강해져서, 내 무리가 아니면 '적'이니 공격해도 괜찮다고 느끼는 수위까지 간다.

　과학과 가상현실이 점점 발전하는 미래는 어디로 갈까. 물리적 한계를 넘어 연결된 광대한 연대의 삶으로 나아갈까? 아니면 더욱더 협소한 내 '무리'에서 밀려나지 않기 위해, 불안에 쫓겨 더욱 극단적으로 적을 찾아 공격하며 살아남으려 할까.

회색 신사와 우리들의 시간

심리검사를 처방하고 검사에 소요되는 시간을 설명하자 환아의 어머니가 말했다.

"그럼 제 시간을 상당히 써야 할 텐데, 검사의 필요성을 좀 설명해 주세요."

누구에게 이런 말을 해본 적도 없을뿐더러, 그런 요청을 들어본 것도 처음이었다. 그런데도 순간 그 말이 지극히 합리적이며 당연한 요구로 들렸다. '나뿐 아니라 아이의 시간도, 의사의 시간도 모두 중요하다'라는 그분의 태도 때문이었을지도 모르겠다.

누가 더하다 덜하다 할 것 없이 현대인은 마치 '바쁨이 미덕'인 듯 살아간다. "바쁘지?"라는 말이 인사말이 되는 시대이니 오죽할까, 그럼에도 우리의 '시간'이 소중하다는 인정과, 그 소중한 시간을 사용하는 이유와 가치를 알려달라는 요구는 매우 당연하면서도 놀라운 경험이었다. 과연 나도 "별거 아닌데, 이것 좀 해줘"라는 말들로부터 내 소중한 시간을 보호할 수 있을까? 우리는 '재능기부'라는 말이 숨기고 있는 무례함으로부터 우리 스스로를 보호할 수 있을까?

미하엘 엔데가 쓴 소설 《모모》에서는 노는 시간을 줄여 일을 하고, 남는 시간을 은행에 저축하라며 회색신사들이 사람들의 시간을 빼앗는다. 그 사회에서 인간들은 시간의 저축이란 개념에 열광하며 자신들이 부자가 되고 있다고 착각하지만, 점점 추억과 여유, 인간다움을 잃어가며 시간에 쫓기게 된다.

최근 모 대형 학원의 신규 강사 채용에서 밝힌 인재상이 '돈과 일 욕심 많은 사람'이라는 이야기를 듣고 그만 말문이 턱 막혔던 기억이 난다. 학창 시절 《모모》를 읽을 때는 놀라운 책 내용이 기발한 상상력이라고만 생각하고 넘겼는데, 어느새 우리 사회가 '돈과 일 욕심'으로 시간과 건강을 갈아 넣는, 결국 회색신사들에게 시간을 '저축'한다며 빼앗기는 사람들의 시대가 된 것은 아닌가 싶어 섬뜩했던 것이다.

그 어머니처럼 시간의 소중함을 서로 존중해 준다면 우리 사회가 그런 섬뜩한 사회로 떠밀려가는 것을 막을 수 있지 않을까? 그렇다면 과연 나는 회색신사들로부터 거리를 지키고 나의 시간을, 남의 시간을 소중히 대하고 있는지. 생각난 김에 이번만큼은 쫓기지 않고 곰곰이 시간을 들여 스스로를 돌아봐야겠다.

뜸 들이는 시간

눌어붙은 설거지는 참 어렵다. 수세미로 박박 문질러도 달라붙은 음식물이 좀처럼 떨어지지 않는다. 어디 누가 이기나 보자며 힘을 줘봤자 팔만 아프다. '에라, 모르겠다!' 하고 그릇들을 뜨거운 물에 담그고 자리를 떴다. 한참 뒤에 돌아와 보니 오호라! 딱딱하게 달라붙어 미동도 없던 음식 찌꺼기들이 언제 그랬냐는 듯 부드럽게 불어, 수세미가 슬쩍 지나가기만 해도 깨끗이 떨어져 나갔다.

한 기관에서 자문 의뢰가 왔다. 해당 센터 상담사가 제일 고민되는 사례라며 한가득 서류를 내밀었다. 내용을 읽어 보니 그분이 들였던 온갖 노력의 흔적들이 정말 가득했다. 하지만 아무리 봐도 그 일은 지금 당장 해결될 그런 것이 아니었다. 무엇을 더해봐야겠냐 묻는 그의 표정은 너무나 지쳐 보였다. 자리에 함께 있던 다른 경력 많은 컨설턴트와 나는 의견이 같았다. 지금 여기에 더할 것은 없다. 이렇게 할 수 있는 것을 다 해도 안 될 때 우리가 할 것은 딱 하나. 씨앗을 심고 기다리는 것뿐이다.

'어떻게든 이걸 당장에 해결해야지!'라며 문제에 달려들 때 우리는 오히려 지쳐 나가떨어지기 쉽다. 그 문제가 오래 존재할 수밖에 없던 상황, 한 가정의 역사라는 것이 있는데, 아무리 전문가라도 그것을 단번에 달려들어 해결한다는 것은 어찌 보면 망상에 가깝다. 딱딱하게 달라붙은 찌꺼기가 그 어떤 도구를 써도 안 씻어진다고 그릇을 그냥 깨버릴 게 아니라면 말이다.

영화나 드라마 속에서는 엄청난 고난도 상영 시간 안에 다 풀리며 카타르시스를 준다. 그런 매체를 자주 접하다 보니, 현실 속 우리들 역시 마주친 문제나 어려움을 견디기보다 바로 없애고 싶은 충동을 느낄 때가 많다. 하지만 삶이 어디 그런 것이던가. 뜨끈한 물에 담가 푹 불리고, 충분히 뜸을 들여야 하는 일도 있는 법. 아무리 애를 써도 좀처럼 해결 안

되는 일들은 슬쩍 한발 물러서보자. 씨름처럼 힘보다는 타이밍이 필요한 일일지도 모르니 말이다.

타인의 입장

"아이고." 제자의 논문을 첨삭해 주다 나도 모르게 혀를 찼다. 성실하고 똑똑한 학생이라 열심히 공부해서 썼겠으나, 욕심이 앞섰는지 남이 읽기에는 도통 무슨 말인지 이해하기 어렵게 쓰여 있었다. 차라리 내용이 틀린 것이라면 첨삭이 간단할 텐데. 이런 경우는 읽는 사람을 생각하고 쓰는 훈련이 안된 탓이다.

그러다 문득 며칠 전 일이 생각났다. 수업 중 손에 익지 않은 비대면 강의 프로그램에 문제가 생겼다. 시간도 촉박하고 혼자서는 해결이 안 될 것 같아 담당자에게 전화를 걸어 내 이름을 알리고 상황을 설명하려는데, 그가 내 말을 끊더니 그게 무슨 수업이냐고 물었다. 순간 당황했다가 강의명을 알려 주었더니 이번엔 몇 학년 대상 강의냐고 또 묻는 게 아

닌가. 아니 담당자가 어떻게 그날 수업도 몰라? 하는 마음을
간신히 삼키며 답했다. 제시간에 못하면 어쩌나 초조해지려
던 찰나, 다행히 문제는 쉽게 해결되어 늦지 않게 수업을 시
작할 수 있었다.

그런데 수업을 마치고 나오면서 보니, 각기 다른 방에
서 여러 강의가 동시에 진행되고 있었다. 그제야 아까 담당
직원이 계속 이것저것 물은 이유를 알 수 있었다. 동시에 열
린 수많은 강의 중 어떤 것에 문제가 생긴 건지 빨리 찾으려
던 거였으리라. 나에겐 내 강의 하나뿐이지만, 그가 관리하
는 수업은 여럿일 수 있다는 것을 미처 생각하지 못했던 탓
이다.

이렇게 전화 한 통도 남의 입장을 생각하기 어려운데 논
문 첨삭을 어떻게 할 것인가 고민하고 있는데, 연구실 밖 병
원 복도에서 누군가가 다투는지 점점 커지는 소리가 들려왔
다. "아니, 아니라고, 내 말 좀 들어보라니까!" "너야말로 내
말 좀 들어!!" 뭔가 오해가 쌓인 그들의 다툼은 도저히 진정
될 기미가 보이지 않았다. 경쟁하듯 으르렁으르렁 점점 더

높아져만 가는 소리를 듣고 있자니, 나부터라도 앞으로는
상대방의 입장을 먼저 생각해 보며 말하고 듣는 노력을 해
야겠다 싶다. 말이야 쉽지, 예나 지금이나 그게 참 어렵지만
말이다.

하루의 꽃

두 손으로 들기조차 버거운 많은 꽃다발들을 받았다. 간신히 이고 지고 퇴근하여 식탁 위에 우르르 내려놓으니 식탁의 반이 안 보이는 상황이다. 꽃꽂이 재주는 없지만 이대로 방치할 수는 없어서, 잠시 고심하다 겹겹이 쌓인 포장을 풀고 화병으로 쓸 만한 빈병들을 모아 정리를 시작했다. 어느새 엄청나게 쌓인 색색의 포장지와 리본에, 이 고운 것들을 한 번만 쓰고 버리다니 얼마나 낭비인가 싶어 마음이 잠시 불편해졌다. 예쁜 원래 모습 그대로 자연에 두었다면 더 좋았을 꽃들을 꺾어 이리 장식하는 것 또한 우리네 불필요한 욕심 아닌가 싶은 마음이 들자 서투른 손은 더 미적거려졌다. 그래도 낑낑거리며 정리하고 보니 비록 서툴게 꽂은 모양새일지언정 알록달록한 자연의 색깔은 불과 얼마 전까지 무미건조했던 집안 분위기를 순식간에 화사하게 만드는 힘이 있었다. 가족들도, 찾아오는 분들도 한동안 꽃 이야기에 살짝 들떠 더 즐거운 시간을 나누니 같은 집도 영 달라보였다.

　학회나 출장으로 잠시 외국에 머무를 때마다, 도심이건 시골이건 시장마다 가득한 꽃과 주변 사람들의 활짝 핀 표정이 시선을 끈다. 아무리 잘 관리해도 짧게는 며칠에서 길어봤자 몇 주 내외로 시들어 귀찮게 손이 갈 텐데 하는 텁텁한 생각은 나 외에는 아무도 하지 않는 듯하다. 상기된 표정으로 꽃을 사는 젊은이들도, 나이 들어 손이 곱고 걸음이 불편한 노인이 조심조심 골라 드는 모습도 제각각 아름답다. 꽃내음과 자태에 취한 이들을 지나가며, 이방인인 나는 꽃보다 그런 그들의 모습이 부러워 눈을 흘끔한다. 아무도 안 보아주다 사라지는 것보다 이렇게 많은 사람들에게 즐거움을 주니, 꽃 입장도 썩 나쁘지 않을 거라는 서투른 합리화와 함께.

　가을 치고는 살짝 더운 날씨 탓에 하루하루 화병 속 꽃잎이 시드는 속도가 빨라지면서, 요즘 나는 퇴근하자마자 물부터 갈기 시작한다. 하루 사이 시든 잎을 골라내고 어제보다 조금 더 핀 봉우리를 칭찬하며 하나하나 살펴보는 동안, 순간이지만 종일 머릿속에 가득하던 시끄러운 생각들을 잊고 이 소중한 기분을 꽃과 함께 선물해 준 아름다운 이들을 잠시나마 떠올린다. 하루하루 나도 이들처럼 늙어가지만, 이렇게 흘러가는 순간도 아름답기 그지없다.

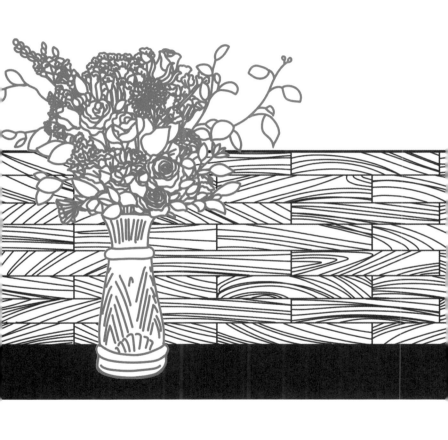

나와 남의 자리

정기적으로 참석해온 회의의 담당자가 바뀌었다. 최근에 입사했던 중간관리자였는데, 일머리가 빨라 잘 적응한다고 생각했던 사람의 갑작스러운 사직 소식에 적잖이 놀랐다. 알아보니 기관의 최고참인 팀장이 자신이 아끼는 말단 직원과 함께 그의 험담을 퍼뜨리고, 중간관리자인 그를 배제한 채 일하거나 계속 방해해서 그만두게 만들었다고 한다. 그 팀장은 매번 그런 식으로 일을 하기 때문에, 그 팀에 좋은 사람이 남아있지 않는다고들 주변에서 평가한다는 것이었다.

그리고 얼마 뒤, 나는 그 고참 팀장의 배우자가 주최하는 회의에 참가하게 됐다. 그런데 놀랍게도 그는 내가 자신의 배우자가 속한 기관의 자문위원이라는 말을 듣자마자, 자신의 배우자는 조직에 안 맞는 사람이 있으면 잡음 없이 매끄럽게 내보낼 만큼 현명한 사람이라며 입에 침이 마르게 자랑하는 것이 아닌가.

나이가 들수록, 자리가 좁아질수록, 선생님이나 윗사람으로부터 쓴소리를 들을 일이 많던 어린 시절과는 달리 내게 맞(춰주)는 사람들만 주변에 남아 흔히 말하는 '꼰대'의 토대가 만들어 진다. 내 주변 사람들은 다들 내 말이 옳다고 하는데, 사회에는 왜 이리 이상한 사람들뿐이냐며 생각은 점점 한 방향으로 굳어가는 것이다. 거기에 소셜 미디어의 특성상 내 입맛에만 맞는 뉴스와 광고가 '맞춤형' 서비스를 표방하며 제시되니, 이러한 경향은 점점 더 중간이 없는 양극단의 분열과 상호 간의 혐오로 이어진다.

그런 생각들로 회의 내내 심난하던 차에, 쉬는 시간이 되어 그 배우자가 자리를 뜨자마자 참석자 중의 한 사람이 피식 웃으며 말했다. "그리 이상한 사람도 무조건 저렇게 자기편만 들어주는 배우자가 있다니 부럽네요." 그 말에 나처럼 불편한 표정이었던 사람들이 웃음을 터뜨렸다. 그렇게 보면 비슷한 사람들끼리 모이는 것이 나름 이 험한 세상의 작은 행복을 위한 팁일지도 모르겠다. 그럼에도 배우자의 흠결 가능성은 전혀 생각지 않고 자랑스러워하던 그 표정을 떠올리면, 나 역시 나도 모르게 저런 모습인 순간은 없었을지 마음 한구석이 영 서늘하다.

부러진 우산

집 앞을 잠시 나섰다 비에 젖은 생쥐 꼴이 되었다. 폭우에 바람마저 워낙 강해 우산이 전혀 도움이 안 되었나 보다 했는데, 나중에 살펴보니 우산 천에 구멍이 나있었다. 천의 무늬 때문에 흠이 잘 안 보였던 것이다. 전날을 교훈 삼아 다음 날 출근길에는 다른 우산을 들었다. 그런데 이번에는 무사히 직장에 도착한 뒤 갑자기 우산이 접히지 않아 끙끙 거리다 또 비를 홀딱 뒤집어쓰고 말았다. 젖은 머리에서 뚝 뚝 떨어지는 물과 끓어오르는 화를 애써 털어내며 보니 이 번엔 우산 살 하나가 부러져 있는 것이 아닌가. 어째 그 많은 우산들 가운데 하필 구멍 나고 고장 난 것만 골라 집었을 까! 어설프게 우산을 말아 쥐며 투덜대어도 답이 있을 리 없었다.

나름 아끼던 우산이라 고쳐 쓸 방법을 궁리하였으나 딱히 묘안이 떠오르지 않았다. 인터넷을 검색해보니 나 같은 생각을 한 사람들이 꽤 있는지, 셀프 우산 수선법이나 우산 고치는 곳을 묻는 질문들이 보였지만 딱히 나에게 맞는 정보는 없었다. 일부 구두 수선소에서 우산을 고쳐주기도 한다는 글이 있었지만, 코로나 때문인지 근처 수선소들도 대다수 문을 닫았기 때문이다. 어렸을 때에는 동네 어귀나 시장 근처에 칼을 갈거나 우산을 고치는 사람이 종종 왔다. 그러면 어른들 심부름으로 고장 나서 쌓아둔 우산들을 우르르 가져가 고쳐오거나 고칠 수도 없는 상태면 고물로 넘기고 엿이나 튀밥으로 바꿔 먹던 추억이 있는데, 언제부턴가 그런 풍경도 사라졌다.

최근의 기상이변과 감염성 질환의 대유행이 결국 인간이 지구를 생각하지 않고 살아온 결과라는 기사를 보고 고개를 끄덕일 수밖에 없었다. 그 뒤 쉽게 물건을 버리고 새로 사기보다 고쳐 쓰는 습관을 들이려고 나름 노력 중인데, 그동안 워낙 편리 위주로 살아온 탓에 우산 하나 관리하는 것도 쉽지 않다. 결국 이왕 새로 살 것, 기분이라도 전환할 겸 그

동안 써본 적 없던 쨍하고 밝은 색 우산을 사보자는 얄팍한
결정을 내렸지만 익숙하게 썼던 우산을 버리는 손이 왜인지
부끄럽다.

칫솔질에서 배운 것들

동안 열풍이 지겹게도 가라앉지 않고, 남녀를 막론하고 나이 들어 보이는 것을 질색하는 시대이건만. 나이 덕에 편안해지는 것들도 있다. 직장 일도 슬슬 손에 익고, 식은땀을 흘릴 만큼 당황할 일도 연차가 쌓이며 줄어든다. 십 대 시절처럼 친구의 사소한 한마디, 마음에 안 드는 옷이나 머리 스타일 탓에 종일 감정에 기복이 넘치는 일도 차차 잦아든다. 패셔니스타는 아니어도 그런대로 자신에게 어울리는 차림과 아닌 것을 구분할 줄 알게 되면서, 귀찮은 쇼핑에 에너지를 아낄 수 있게 된 것도 연륜이라기엔 거창해도 나름 나이 듦의 미덕으로 여겼다.

그러던 어느 날, 이가 좀 불편하여 치과에 갔다. 고질병인 잇몸 문제라 익숙하게 치료를 받고 마무리하던 중에, 치과 선생님이 잠시 칫솔질을 알려주겠다고 했다. 칫솔질이야 초등학생 시절부터 의대의 치과학 수업까지 배우고 평생 해오던 것. 굳이 뭘 또 배우나 싶은 마음에 어서 이 불편한 의자에서 벗어나고 싶다는 생각만 가득했다. 그런데 그날 내가 배운 것은 그동안 습관대로 해오던 것을 완전히 뒤집는 내용이었다. 선생님 말에 따르면 지금의 나이에는 치아에 충치가 생길 가능성이 거의 없고 그보다 잇몸 건강이 우선이니, 예전처럼 치아 면에 칫솔질을 하기보다는 잇몸과 이 사이의 공간을, 이왕이면 그것에 특화된 용도의 칫솔로 관리해야 한다고 했다. 젊을 때 터득한 대로 자만하고 지냈다가는 하루가 다르게 변하고 있는 내 몸 관리마저 문제가 생길 수 있다는 사실을 배운 셈이다.

　잘 어울리던 머리모양이나 옷 스타일도 갑자기 어색하고 안 어울릴 때가 온다. 익숙하다고 안이하게 사는 것은 세상뿐 아니라 자기 자신을 이해하는 데에도 한계를 만든다는 점을 칫솔질을 통해 깨닫게 되었다. 그날 이후, 내가 변화하는 스스로의 모습을 잘 알지 못한 채 혹시 과거의 습관대로만 타성에 젖어 지내고 있는 것은 아닌가, 손에 익지 않아 여

전히 서툰 새 양치질로 끙끙댈 때마다 다시금 생각해 보게
된다.

저마다의 애도

빼꼼 열린 문틈 사이로 늦저녁의 온기가 따스하다. 낯설지만 평온한, 옹기종기 작은 마을. 낡았지만 튼튼해 보이는 의자에 앉은 채 할아버지는 두런두런 무슨 말을 하시다 발치의 강아지를 쓰다듬으며 슬쩍 웃으시는 듯하다. 그리고 꿈에서 깬 뒤 나는 한동안 목이 메었다.

어린 시절 상당 기간 조부모의 손에서 성장한 나에게 집안의 제일 큰 어른은 언제나 할아버지였지만, 어느 새벽 예고 없이 걸려온 부고 전화로 모든 것이 달라졌다. 정신없지만 무사히 장례를 치르고 나서 나는 내가 일상으로 잘 돌아온 줄 알았다. 하지만 몇 년이 지나 꾼 꿈 뒤에야, 나는 나의 애도가 여전히 진행 중이라는 것을 깨달았다.

꿈의 분석은 이론마다 다양하고 복잡하지만, 여기에서는 고인이 나오는 꿈을 이야기해보자. 애도와 상실을 겪는 이들을 위한 책《우리는 저마다의 속도로 슬픔을 통과한다》에서는 이렇게 말한다. '고인의 꿈은 회복으로의 새로운 길을 열어주기도' 하지만 '감정이 너무 북받치면 꿈의 재료로부터 차단되어 꿈을 꾸지 않을 수도 있다'고. 그래서인가 나역시 한참이 지난 뒤에야 할아버지의 꿈을 꿀 수 있었던 것같다.

우리의 뇌는 너무 강한 혼란과 충격의 감정으로부터 스스로를 보호하고자 컴퓨터 하드를 분리하듯, 뇌의 일부에 보호막을 친다. 그리고 한참 뒤에야 조금씩, 천천히 그 보호막이 걷히며 물이 불어나듯 감정에 휩쓸리게 된다. 고인이 좋아했던 음식, 함께 보던 드라마 배경음악, 집안 청소 중 나온 고인의 철 지난 옷 등. 평범한 모든 것들이 충격이 되는 당황스러움. 그리고 '산 사람은 살아야지'라는 주변의 시선에 나만이상한가 싶어 도움을 구하기도 어려운 것이 현대 사회에서애도가 필요한 이들이 겪는 혼란이다. 기념일 반응anniversary reaction처럼 일반적인 애도 기간이 한참 지난 뒤인 고인의 생

일이나 기일 등의 특정 시기에 더욱 심리적 고통이 커질 수 있건만, 이마저 바쁜 현대에서는 무시되기 일쑤이다.

　괜찮다. 나는 나의 속도대로 애도하고 슬퍼한다. 그래도 괜찮다. 애도로 고통에 잠겨 병원을 찾는 이들에게, 또는 병원에 올 기회조차 갖지 못한 이들에게, 책의 문구를 빌려 위로를 전한다. 애도는 극복할 대상이 아니며 옳고 그름이 없다. 우리는, 저마다의 속도로 슬픔을 통과한다.

토끼와 거북이

　시간을 들여 노력하지 않아도, 초심자의 운처럼 시작부터 어느 정도 성과가 나오는 일들이 있다. 나 같은 경우에는 적당히 쳤던 피아노라든가 첫날부터 흉내를 그런대로 냈던 미술 등이 그렇다. 이러한 분야가 속칭 '토끼 스타일'의 영역인데, 사람에 따라 이런 토끼 영역이 많을 수도, 적을 수도 있겠다. 그런데 나를 돌아보면서 생각해 보면, 사람들은 자신의 토끼 영역에 대해서는 요행에 감사하며 넘어갈 뿐 노력을 기울이기 쉽지 않은 것 같다.

　반면 초기에 성과가 잘 보이지 않는 '거북이 스타일'은, 어릴 때부터 좌절을 많이 겪으며 마음의 상처를 받아온 경우가 많다. 특히 '떡잎부터 알아본다'는 속성 판결이 대세인 우리 문화에서 '거북이 스타일'이 무사히 살아남기란 쉽지 않다. 게다가 부모는 타고난 '토끼 스타일'인데, 아이는 느긋한 시간이 필요한 '거북이 스타일'이라면? 나쁜 사람은 아무도 없어도 집안에 긴장의 분위기가 깔릴 수밖에 없다.

그런데 나이를 먹다 보니, 토끼 영역이 많을수록 살기 편하고 인정받기 쉬웠던 삶의 패턴이 조금씩 달라져 가는 것이 보인다. 쉽게 내달린 뒤 누워서 쉬거나 게을렀던 시간들이 쌓인 그 미묘한 공백은, 처음에만 잘 보이지 않을 뿐 쌓이고 쌓여 결국 그 본질을 드러내기 때문이다.

최근 어릴 때부터 손재주가 통 없다는 것이 콤플렉스였던 친구에게 선물을 받았다. 그가 취미삼아 꾸준히 다져온 도예 실력으로 만든 도자기였다. 가을볕에 반사되는 담백한 자태를 바라보자니 당장의 효과가 더뎌도 긴 시간 유지했던 취미의 산물은 참으로 매력 가득했다. 초기에 잠시 반짝하고 지나가는, 풋내 나는 즐거움도 좋겠지만, 소중한 시간의 의미가 덧입혀진 은근한 애정의 상징들과 함께하는 것도 단조로운 삶에 다양한 기쁨을 준다는 것을 새삼 깨닫는다. 전례 없는 속도와 방향으로 달려온 한 해를 정산하는 가을이 왔

다. 이 가을, 쌓인 시간을 여기까지 헤쳐 온 스스로와 서로를
토닥일 수 있다면 참 좋겠다.

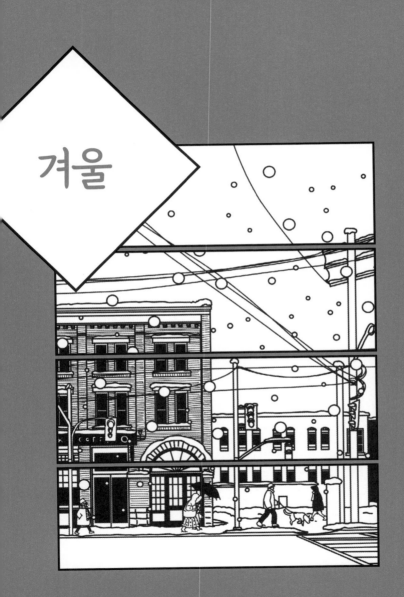

겨울

모든 것이 내려앉아 소리마저 숨죽이는 시간이 왔다. 하지만 어떻게 보면, 한껏 들떠있던 마음이 이제야 스르르, 조용히 자신의 자리를 찾아 내려오는 시간일지도 모르겠다. 짙은 밤 우물에 가라앉는 달의 그림자처럼.

운동과 공부머리

"애들한테 공부머리 없다는 말 좀 안 했으면 좋겠어요."

한 선생님의 한숨이다. 아이들을 가르쳐 보면 그 과목에 공부머리가 있는지 없는지 눈에 보이지만, 그렇다고 그걸 티를 내거나 말하지는 않는단다. 아이들은 좌절을 견디는 능력이 아직 부족하기 때문에 지레 공부를 포기해버릴 위험이 크니까. 그런데 많은 경우, 아이들이 자신에게 올 때쯤이면 이미 주변에서 그런 말을 너무 많이 들은 상태로 온다는 것이다.

"공부머리가 좀 없으면 어때요. 걸어야 할 나이에 못 걷는다고 그냥 내버려 두진 않잖아요. 아이에게 부족한 부분을 찾아 시간을 충분히 들여 노력하면 돼요. 부족하면 그걸 보완해 주고, 스스로 보완해보도록 돕는 게 어른 역할인데. 교실에서 제가 그렇게 도와주려 해도 애가 벌써 기가 팍 죽어 있어요. 그간 공부머리가 없다고 귀에 못이 박히게 들었대요. 그러니 자기는 해도 안 되는 애라는 거예요. 우리가 천재만 키울 건가요? 그렇게 초장부터 기를 죽이면 애가 제대로 클 수가 없어요. 마음부터 이미 좌절한 애들은 수업 시간만 버티기도 버거우니까요."

난 평생 내가 운동을 못한다고 생각했다. 무도인 출신 아버지에 비해 내 몸은 너무 아둔했고, 학생 시절 공부만 하다 보니 운동과는 갈수록 담을 쌓았던 것이다. 그러다 나이가 들고 다리를 다쳐 생존 운동이나마 하게 되어서야 깨달았다. 운동은 못 한다고 포기할 게 아니라, 못할수록 더 열심히 나에게 맞는 운동을 찾아야 했다는 것을. '못하니 안 한다'가 아니라, '못하니까 더욱 잘 가르쳐주실 선생님을 찾아 맞춤형 운동을 해야' 했던 것이다. '원래 나이가 들면 한 해 한 해가 다른 거야', '나이 들수록 추우면 힘들어'라며 당연시했던 겨울철 몸의 자잘한 잔고장들은, 그간 운동을 게을리한 대가인 셈이다. 그렇다고 평소 안 하다가 갑자기 무리해서 다치는 운동이 아니라 나이, 계절과 자신의 몸 상태에 맞는 운동을 그 시기에 맞게 잘 해야, 특히 무리되기 쉬운 겨울을 건강히 보낼 수 있다고 한다.

　모두가 공부 천재, 운동 천재가 될 수도, 되어야 하는 것도 아니다. 살아가는데 필요한 공부와 운동은 어릴 때부터 습관을 들이고, 나이와 몸 상태에 맞게 계속 배워야 한다는 것을 이제야 깨닫는다. 한 해를 돌아보는 이 시기, 타고나지 못한 운동신경과 공부머리를 핑계 대기보다 지금의 내게 맞는 공부와 운동법을 한두 가지 찾아보면 어떨까.

·

톡, 톡, 불안

"어떡해요, 선생님!"

직장인 B씨는 가벼운 우울증에서 순조롭게 회복 중이었다. 언제나 꼼꼼하고 신중한 성격의 그가 그날은 갑자기 감정에 북받친 상태로 진료실에 들어서자, 순간 나도 덩달아 긴장이 되었다. 사실 그날 B씨가 처음이 아니었다. 최근 유명인의 자살 소식으로 많은 환자들이 동요하고 있었다.

그런데 B씨는 그 뉴스 자체보다도 지인들의 무심한 태도와 이야기들에 더 괴로워하고 있었다. 자신의 우울증을 알리 없는 지인들이다 보니 나쁜 의도가 아니란 것은 알지만, 일상 중에 불쑥불쑥 핸드폰에 뜨는 메시지들이 주는 고통에서는 도무지 빠져나갈 수가 없다고 했다. 증상을 악화시킬까봐 의도적으로 피하던 뉴스들이 무방비 상태에서 SNS에 주르륵 뜨고, 아무개 탓이다, 마약이나 우울증이 아니냐? 같은 말들이 톡, 톡 올라올 때마다 잊었던 불안이 두근두근 다시금 올라왔다. 나도 같은 우울증이 있는데, 결국 내게도 똑같은 일이 일어나지는 않을까? 생각해 보니 저 사람이 우울증이라는 단어를 굳이 꺼낸 걸로 보아, 내 병을 이미 알고 떠보려는 건 혹시 아닐까? 게다가 저렇게 돈 많고 유명한 사람도 병을 못 이겼는데, 좋아지고 있다고 믿었지만 나도 치료가 부질없는 건 아닐까? 등등.

이러한 일은 비단 B씨만의 경험이 아니다. 내가 만나는 범죄 피해자들 역시 부정적인 뉴스, 자신이 겪은 사건과 유사한 소재의 영화나 드라마를 애써 피하는 경우가 많다. 신문이나 온라인 뉴스는 그나마 TV 같은 동영상 매체보다 활자를 선택해서 보려고 하는 등 나름의 노력으로 어느 정도 피할 수 있지만, B씨가 과거에 겪었던 일을 잘 모르는 주변 지인들이 무심코 보내는 메시지들과 온라인 포스팅은 가드를 내린 상태에서 명치에 내리꽂히는 훅과 같다.

인간의 삶에서 우울증과 트라우마는 생각보다 흔히 발

생한다. 연예인이나 공인 이야기는 친구끼리의 사담이라고 생각되더라도, 상대방의 일상을 우리가 다 알 수는 없다. 갑자기 한여름 소나기같이 내리꽂히는 메시지가 열심히 버티고 있던 개구리에게는 치명적인 한 방의 돌이 될 수 있다. 다음 주를 버티기가 아무래도 불안하다며 추가 약을 처방받아 가는 B씨의 한 주가 부디 무심한 연락들로부터 무사하기를. 점점 바람이 매서워지는 이 연말, 수많은 아픔에서 우리 사회가 회복될 날이 오길 모두가 함께 바라는 시간이었으면 좋겠다. 보다 따뜻한 톡과 함께.

꽃차

직접 만든 차를 선물 받았다. 고운 꽃을 조심스레 골라 긴 시간 정성으로 말렸을 시간과 마음이 느껴졌다. 추운 겨울, 유리병을 열고 꽃 한 송이를 조심스레 꺼내어 뜨끈한 물병에 넣고 기다린다. 햇빛과 바람에 살살 말려있던 꽃이 다시 한 잎 한 잎 피어나는 것을 보는 재미도 더해진다. 꽃이 다 피고 색이 우러나면, 또 다른 고마운 분께 선물 받은 도기잔에 차를 따른 뒤 눈으로, 향으로 한 모금씩 마시며 몸과 마음을 덥힌다. 다사다난했던 지난 한 해였건만 감사한 일들과 분에 넘치는 사람들이 찻잔 위로 떠오른다.

주변의 마음이 온전히 느껴지는 순간은 진귀하고 비싼 선물 덕이 아니란 것은 누구나 알 것이다. 상대방이 나의 생활과 습관을 알고 신경 써준 마음이 느껴지는 것. 자연스럽

게 생활에 어우러지는 것. 감기에 걸렸을 때 따듯한 음료를 건네거나 출출할 때 같이 나누어 먹는 간식. 이런 작은 순간이 엮여 진한 추억으로 남는다.

그런 순간들을 떠올려 보면, 삶에서의 성취는 큰 것이 아니라 소소한 것들이 쌓아올리는 숲속의 돌탑 같다는 생각이 든다. 한 해, 하루, 순간순간의 우연 같은 돌들이 모여 조금씩 탑을 만들어간다. 거대하고 위대한 돌탑, 대단한 예술품일 필요는 없다. 타박타박 작은 돌을 골라 조용히, 천천히 쌓여 이어지는 나만의 만리장성.

왜 이것들을 쌓고 있나, 왜 나만 이렇게 안 될까, 답답하고 힘든 순간에 그만 털썩 주저앉을 때도 있지만, 그럴 때마다 따듯한 주변의 손길에 다시 힘을 낸다. 너무 지치면 잘 말려진 꽃송이를 우려 차를 마시며 잠시 쉬어간다. 편안한 마음으로 쌓아온 돌들을 둘러보며 빈 공간에 의미를 찾기도 하고, 또 새로운 방향으로 쌓아가는 기쁨을 느끼기도 한다. 긴 시간 혼자만의 작업에 매몰되어 지칠 때면 다시금 주변의 따뜻한 시선과 도움으로 나아간다. 나 역시 누군가의 고된 작

업에 잠시 숨 돌릴 순간을 주며 살고 싶다. 따듯하고 은근한
저 꽃차의 향처럼.

목이 메는, 주먹밥

"선생님, 이거요."

진료실을 나가려던 아이가 문득 생각났는지, 엉거주춤 하게 선 채로 가방 안에서 버스럭거리는 비닐봉지를 꺼내며 말했다. 전남편이 양육비를 주지 않아 어머니 혼자 벌어 아 이들을 챙기는 것만 해도 쉽지 않을 텐데, 어쩌다 일을 쉬는 날이면 엄마와 아이가 종종 간식거리를 들고 오는 집이었다. 평소엔 '김영란 법'을 핑계로 아이와 함께 드시라며 돌려보 내곤 했는데, 오늘은 일을 나가느라 같이 오지 못한 어머니 가 아이 편에 집에서 만들었다며 주먹밥 두 덩어리를 딸려 보낸 것이다.

그날따라 진료가 계속 밀려, 오전 일정을 간신히 마치자

오후 진료를 시작할 때까지 원내 식당조차 다녀올 시간이 부족했다. 서랍 안에 넣어두었던 주먹밥이 생각나 열어 보니, 김이 서린 비닐봉지 안 주먹밥은 온기가 여전히 남아있었다. 처음엔 미처 못 봤는데 꺼내면서 보니 친정에서 농사한 쌀로 지은 밥에 직접 짠 참기름으로 만들었다는 메모지가 붙어있었다. 꽁꽁 싸매진 봉지를 풀자 방안을 가득 채우고도 남을 짭조름하고도 고소한 향이 순식간에 퍼져 잊고 있던 허기가 밀려들었다. 허겁지겁 몇 입 만에 두 덩이 중 하나가 사라졌다. 어린 시절 시골 시장에서 받아오는 날이면 맛봤던 느낌 그대로인 강한 참기름 향과 함께 깨가 콕콕 박힌 고슬고슬한 밥을 삼켜 넘길 때마다 그간의 장면들이 왜인지 한 장면씩 떠올랐다.

　　눈 맞춤도 제대로 되지 않던 첫 진료, 그동안 말 못했지만 사실은 엄마가 심하게 맞았다고 고백하며 아이가 펑펑 울던 날, 결국 응급실에 실려 온 아이를 보던 순간. 이혼에 성공했다며 함께 기뻐했지만, 하루하루 생계를 위해 사투를 벌이느라 진심으로 즐거운 순간을 찾기 어려웠던 날들. 그렇게 빡빡한 날들 중에 학교에서 받은 상장과 사진들을 보여주며 자랑하던 아이와 엄마의 표정. 그 모든 장면들이 밥알 하나 하나, 고소한 참기름 냄새와 섞여 떠올랐다. 이상하게 목이 메어 연신 물을 들이켜도 마지막 몇 입은 끝내 넘기기가 어려웠다.

크레파스화와 유화

책으로만 봤던 명화를 미술관에서 처음 직접 보던 날, 얇팍한 교과서 종이 그림으로는 전혀 예상치 못했던 엄청난 색감과 무게에 큰 충격을 받았다. 학창시절, 심드렁하게 보던 책에서는 상상도 못하던 세상을 불혹이 넘어선 이제야 알게 되다니. 그렇게 벌어진 입을 마저 다물지도 못하고 서서, 동네 구경하듯 미술관에 놀러 온 그 나라의 어린 학생들을 마냥 부러워했던 기억이 난다.

그런데 우리나라 아이들 중에는 그림 그리기를 완강히 싫어하거나, 그리기도 전에 자기는 잘 못 그린다며 울상부터 짓는 경우를 종종 본다. 이런 아이들은 과거 크레파스나 사인펜을 사용하는 시기에 그림 선을 벗어나거나 잘못 색칠을 하면 누군가로부터 지적받은 기억이 많거나, 본인 스스로 그

것을 못 견디는 성향을 보인다. 보통 우리 사회에서는 꼼꼼하게 선 안에 맞춰 잘 칠한 아이들만 칭찬을 받기 때문이다.

다들 알다시피 그림에는 한 가지 형태만이 있는 것이 아니다. 유화만 해도 크레파스나 사인펜 그림과 달리 적절히 기다렸다 덧칠을 하는 테크닉에 따라 화가의 마음이 덧입혀지며 완성되어간다. 이처럼 같은 것을 그려도 재료와 기술에 따라 그림의 성격이 달라지듯 우리가 삶을 대하는 태도도 이와 유사하지 않나 싶다. 우리 사회는 학교나 직장에서는 물론이거니와 일상에서도 크레파스나 사인펜으로 각 맞추듯, 실수 없이 단번에 그어나갈 것을 요구한다. 그러다 보니 아이들도 선 하나만 어쩌다 삐끗 넘어가면 인생이 끝장난 양 좌절하고, 어른들마저 그것을 부채질하듯 '벌써 이러면 앞으로는 어쩌려고!'라며 앞날이 창창한 아이들의 기세를 싹둑 잘라먹는다.

삶이 한 가지 형태로만 만들어져가는 것이 아닐 텐데, 때론 덧칠로 번지는 효과를, 또는 덧입혀서 풍부해지는 색감과 질감을 만끽하는 유화 같은 순간은 필요 없는 것일까. 우리 사회에서는 휴식이나 미식, 여행마저도 실수 없이 완벽하게 그려져야만 하는 것인지. 일상에 단비가 되어야 할 휴식 시간조차 온라인 안에서만 크레파스로 슥 긋고 지나가는 존재로 남는 것만 같아 가슴속에 헛헛함이 가려지질 않는다.

한 겨울의 소울푸드

어린 시절, 추운 겨울이면 타지에 사는 이모할머니가 종종 우리 집에 머물러 왔다. 우리 형제 모두를 마냥 예뻐해 주시는 할머니의 방문은 언제나 즐거운 일이었지만, 사실 우리에게 더 반가운 것은 할머니의 특제 밀가루 부침개였던 것 같다. 지금 생각해 보면 그다지 특별한 것도 아닌, 그때그때 부엌에 있는 밀가루와 우유, 계란과 설탕 등을 섞어 노릇하게 굽는 단순한 간식이었다. 그럼에도 먹을 것이 풍족하지 않던 시절, 갓 구운 따끈한 반죽 속 우유의 고소함과 설탕의 달콤함에 반해, 나와 형제들은 뜨끈한 방바닥에서 뒹굴뒹굴하다 한입씩 집어먹는 부침개 맛에 쏙 빠지곤 했다.

성공한 어른의 조건은 무엇일까? 사람마다 정의가 다르겠지만, 나에게는 밥벌이를 할 능력을 갖추고 존경하는 작가

나 작품을 꼽을 수 있으며 자기만의 레시피가 있는 음식을 할 줄 아는 것이 그 조건이다. 외국에서는 집에 사람들을 초대하면, 집주인이 남녀를 불문하고 자기만의 요리를 선보이는 경우들을 본다. 선대로부터 물려받은 레시피라면 더욱 자랑스러워하기도 한다. 창피하게도 나 역시 아직 다 못 갖춘 조건이지만, 어른이라면 자신이나 가족을 위한 최소한의 생계 능력과 영혼의 음식인 문화적 소양과 함께 자기만의 음식으로 나와 남을 먹일 줄 알면 좋겠다고 생각한다.

어린 시절 뇌의 발달을 돕고 악영향으로부터 보호해 주는 정서적 안정은 많은 부분 집 안에 존재한다. 생존이 위협받지 않는 따뜻한 분위기, 우리 집만의 음식, 그리고 행복한 냄새. 후각은 감정과 기억을 담당하는 뇌의 변연계에 가까이 있어 서로 영향을 주고받는다. 그래서 사람들은 추억 속의 냄새를 맡으면 그 순간의 감정과 기억이 같이 떠오르고, 길을 가다가도 갓 구운 빵이나 맛있는 음식의 냄새를 맡으면 나도 모르게 미소 짓거나 배가 고프지 않아도 그 음식을 사고 싶어진다. 어린 시절의 밀가루 부침개처럼 추운 겨울, 나의 뇌와 마음을 따듯하게 지켜주는 추억의 음식이 있을까?

아쉽게도 아직까지 없다면 이번에 한번 만들어 보는 것은 어떨까. 호호 불어가며 먹는 갓 구운 고구마라도 좋다. 좋은 기억과 함께 맛과 향을 누군가와 같이 나눌 수 있다면, 날이 아무리 춥더라도 꽤 근사한 겨울의 추억이 될 것이다.

혼자만의 시간, 혼자만 있는 시간

"외로워도 슬퍼도 나는 안 울어~"

오래된 유명 만화 주제가의 한 소절이다. 그런데 우리는 대다수 씩씩한 드라마의 주인공이 아닌지라, 그렇게 노래 가사처럼 외로움을 이겨내기가 쉽지 않다. 명백한 따돌림이 아닐지라도 은근한 외로움은 학생뿐 아니라 직장인, 심지어 가족 사이에서도 언제나 인기 상담 주제일 만큼 사람들을 괴롭히는 감정이다.

그럼에도 우리는 때때로 홀로인 시간이 필요하다. 불편한 상사나 동료, 후배들과 부대끼고 종일 회의에 시달린 날. 퇴근길 주차 후 잠시 그대로 눈을 감고 차 안에서 조용히 음악을 듣는 시간의 소중함을 아는 이들이 있을 것이다. 때론 시동을 끈 뒤 유리창을 타닥타닥 두드리는 빗소리에 위로를

받기도 한다. 잰걸음으로 이동하다 마주친 작은 공원에서 따듯한 편의점 캔 커피 한 모금에 숨을 돌리며 마음을 가다듬어 보았을 수도 있다. 이렇듯 우리에게는 온전한 '혼자만의 시간'이 있어야 한다. 사람에 따라 그 시간이 짧아도 충분할 수 있고, 또 누구는 어느 정도 길어야 편안하다. 즉 자신의 성향과 시기, 상황에 맞게 적절히 자신의 시간을 잘 누리는 것은 마음 건강 유지에 매우 중요하다.

하지만 우리 인간의 마음이란 참으로 복잡 오묘하여, 앞서 언급한 것처럼 혼자만의 시간을 넘어 '혼자만' 있는 시간이 많아지면 오히려 문제가 된다. 인류는 역사상 자연과 환경에 대응하며 집단으로 생존해 왔기에 지나친 외로움은 마음뿐 아니라 몸의 병까지 만들기 때문이다. 연구에 의하면 인간이나 유인원은 아주 어릴 때, 아무리 쾌적한 환경에서 풍족히 먹을 수 있어도 따듯한 손길과 적당한 온기가 부족하면 뇌와 몸의 성장 발달에 문제가 생긴다. 서로를 위한 따듯한 교류와 신체 접촉은 음식만큼이나, 또는 그보다 더 생존에 중요한 것이다. 우리 앞 세대들이 자손과 생존을 위해 '밥 한 술만 더'에 노력해 왔다면, 이제 우리는 그다음 단계를 생각해야 할 시기일 것이다.

유머의 두 얼굴

"저녁으로 두부쌈이나 해볼까?"

다 같이 TV를 보다가 무심코 꺼낸 내 말에 가족들은 급 당황한 듯 아무 말도 없었다. '먹어본 적이 없어 그러나?' 하던 찰나 아이가 긴장하며 물었다. "부부싸움을 한다고요?" 당황한 내가 TV의 두부쌈 음식 광고를 가리키자, 그제야 모두 깔깔 웃기 시작했다. '두부쌈'이 '부부쌈'으로 들렸던 것이다.

치료자들과의 정기 주간회의 시간. 그날은 어떤 치료에도 난공불락의 상황이 반복되고 있는 어느 가족의 치료 방안에 대해 고민하고 있었다. 이제는 제일 심각한 문제가 무엇인지조차 모르겠다며 한 명이 한숨을 쉬자 다른 누군가가 말했다. "진단이나 치료를 떠나… 이 집에서 제일 심각한 문제는 집안에 웃음이 전혀 없다는 거예요." 순간 모두 "맞네, 맞아!"라며 박수를 쳤다. 비단 이 가족뿐 아니라 치료가 잘 안 되는 가정의 아이들은 치료실에서나마 잠시 천진하게 웃을 뿐, 가족 구성원 모두 밖에서나 남을 대할 때조차 무표정하거나 진지하고 심각하다. 더 걱정되는 경우는 온 가족은 굳어있건만 어느 한 명만 자기만의 유머 또는 다른 가족을 비웃는 유머를 즐기는 집인데, 이 경우 치료의 길이 더 험난해진다.

'유머'란 때로는 권력이기도 하다. 상관의 불쾌한 농담에 웃는 척하기도 어려웠던 적이 있을 것이다. 다 웃어주니 '나는 참 좋은 상사'라 생각하고, 설령 맞장구를 못 치면 '웃자고 하는 말에 정색한다'는 핀잔이 돌아온다. 이런 상사들의 착각은, 관리자 말고는 쉽게 유머라는 도구를 꺼내기조차 어려운 조직의 경직성을 간과한 데에서 비롯된다.

아이가 지치고 힘들 때는 바쁘다며 옆에 있어주지도 않다가 불쑥 내던진 맥락 없는 유머로 웃음을 강요하는 부모의 생각 역시 아이들과 동상이몽인 것처럼.

정신과학 관점에서 유머란 상당한 뇌기능의 산물인 동시에 참 좋은 방어기제이다. 제아무리 힘든 상황에서도 건강한 웃음을 나눌 줄 아는 가족들에게는 희망도 함께 했듯이 말이다. 어려운 시기일수록 이러한 방어기제와 함께, 이왕이면 서로를 배려하는 따듯한 유머가 있는 사회를 기대해 본다.

〈기생충〉의 아이들

　우리나라 영화가 세계적으로 눈부신 선전을 보이고 있다. 같은 분야에서 그간 열심히 토대를 쌓아 온 영화인들 못지않게, 국민들 역시 마치 국가대항전 경기를 보듯 한마음으로 응원하는 축제의 분위기가 후끈하다. 이러한 분위기에 맞춰 풍부한 비평과 의견들이 온오프라인에 쏟아지다 보니 다양한 관점들을 찾아보는 것도 영화 자체와는 또 다른 재미를 선사한다. 그런데 전공이 전공(소아정신과)이다 보니, 영화 속에서 내 시선을 끈 것은 기존의 비평들과는 조금 다른 부분에 있었다.

　영화 속의 이야기를 끌어가는 양쪽 가족에서 이면의 현실을 정확하게 깨달은 캐릭터는 각 가정에서 가장 나이 어린 구성원들이었다. 다른 가족들은 어린 그들이 깨달음에 따라

보이는 모습들을 '증상'으로만 대하거나 무시했다. 모두가 진실을 놓치고 하루하루를 넘길 때, 어린 그들만이 위태하고 복합적이며 불안한 상황을 말 대신 피부로 느끼며 꿰뚫어 보고 있었다.

불안이라는 것은 논리보다 직관적이고도 동물적인 감정이다. 영화 속 엄마는 몇 년 지난 일에도 여전히 눈물을 쏟을 만큼 아이를 아끼면서도, 막상 일상에서는 피부를 맞대고 아이를 안아주지 않는다. 반면 비록 거짓된 관계일지언정 또 다른 가정의 역시 가장 나이 어린 이가 그 어린이를 품어주었고, 어린이는 엄마 대신 그에게 안겨 불안을 나눈다.

영화 속에서만이 아니라 실제로도 아이들은 '탄광 속의 카나리아' 역할을 한다. 과거 광부들이 유해가스에 가장 연약하고 민감한 카나리아를 탄광 속으로 데려가서 새의 반응을 보고 위험 여부를 판단했다는 말이 있는 것처럼, 아이들의 모습은 가족과 사회의 단면을 가장 먼저 반영하여 그대로 보여준다. 그 신호를 놓치고 아이의 불안정을 그저 '증상'으로만 치부하며 그와 무관한 양 지낼 때, 수면 아래 가려져 있던 불균형은 점점 커져 걷잡을 수 없어진다.

현실 사회에서도 연일 가장 어리고 약한 아이들의 소리 없는 고통과 비명의 뉴스가 끊이지 않는다. 카나리아가 살지 못하게 된 곳에서 다른 이들이 언제까지 버틸 수 있을까. 우리 사회의 어른들이 출산율만을 따지며 아이들을 안전하게 품어주지 않는다면 말이다.

겨울의 꿈

　파삭한 이파리조차 남지 않은 메마른 나무들이 보인다. 황량한 칼바람에 옷깃을 힘껏 여미다 보면 과연 따스한 봄이, 연한 새싹이 이 얼어붙은 땅을 뚫고 나올 날이 올 수 있을지 믿어지지 않는다. 그럼에도 우리는 경험으로 이미 알고 있다. 아무리 겨울이 혹독해도 봄은 언제나 잊지 않고 찾아왔다는 것을.

　심리적 고통은 지금의 괴로움이 끝없을 것이라는 선부른, 하지만 견고한 믿음 아래 악화된다. 어쩔 수 없이 상황이 나빠지는 경우도 있지만, 많은 경우 계절이 지나가듯, 비록 하루하루의 차이는 잘 보이지 않아도 어느새 옷이 짤막해지는 아이의 커버린 키처럼 그 '순간'은 변해 간다. 극적인 불안에 쫓기는 공황 발작의 경우에도 시간이 지나면 몸이 점점 불안에 적응하면서, 당장 죽을 듯 파도처럼 덮쳐오던 증상도 썰물처럼 쓸려 간다.

순간 폭우가 쏟아지듯 불안에 압도될 때면 나는 '딱 1분 견디기'를 해 본다. 걱정과 불안으로 정신을 잃을 것만 같고, 도저히 몇 초도 못 견딜 것 같지만 의외로 '딱 1분만!'은 해 볼 만하다. 이어폰을 끼고 좋아하는 음악 소절을 기다리거나, 지그시 눈을 감았다 뜨기 또는 얼굴을 따뜻하게 손바닥으로 감싸며 잠시 어둠 속에 눈을 쉬게 하는 것도 괜찮다. 주먹을 가볍게 쥐었다 팔까지 쭉 펴며 숨쉬기를 반복해 볼 수도 있다. 요즘같이 으슬으슬한 날씨에는 뜨끈한 물에 손이나 발을 담그거나 씻고, 피부의 결을 따라 주물러 주는 것도 좋다.

어떤 치료자는 좋아하는 아로마 향을 맡으며 천천히 숨을 내쉬기를 반복해보라고도 하고, 멍하니 앉아만 있기보다는 머리를 비우고 걷기를 추천하기도 한다. 그렇게 자기만의 방법으로 1분, 또 1분을 반복하다 보면 이대로 미칠 것 같던 감정에서 한 발 벗어나 억지로라도 숨이 내쉬어지는 순간이 온다.

최악을 상상하며 무너지는 것도 인간이지만, 보이지 않
아도 희망을 찾고 혼자서는 무너져도 함께라면 다시 일어나
꿈을 꾸는 것 또한 인간의 놀라운 면이다. 국내외의 세계는
또 다른 불안에 휩싸여있고, 예년보다 혹독한 추위가 줄었다
고는 하나 따듯한 환경에서 겨울을 나지 못하는 많은 이들에
게는 여전히 가혹하고 냉정한 시기이다. 하지만 언제나 기어
코 봄이 왔듯이, 불안의 날들로부터 나보다 더 취약한 이들
과 아이들을 보듬으며 묵묵히 다가오는 봄을 맞이할 준비를
하고 싶다.

따끈한 어린 시절

이번 일정은 처음 방문하는 작은 도시였다. 포장이 덜된 낯선 길을 굽이굽이 돌아 간신히 숙소를 찾아 체크인을 하려는데, 직원이 투숙객에게 무료인 사우나가 있다고 안내한다. 아주 어렸을 때 말고는 대중목욕탕에 가본 적이 거의 없고 시간 여유도 없어 망설이는데, 이 고장에서는 나름의 명소라는 숙소 직원의 말에 경험 삼아 가 보기로 했다.

사우나는 오래 세월이 묻어나는 낡은 시설이었지만, 직원의 자랑이 사실이었는지 안은 꽤나 북적였다. 목욕은 뒷전이고 놀면서 장난할 마음뿐인 아이들, 본인보다 아이들을 챙기느라 바쁜 젊은 엄마들, 한 집안의 역사를 건사해 온 흔적이 온몸에 훈장처럼 부황 자국으로 남은 나이 든 어머니들, 아픈 관절을 뜨끈한 물에 담그고 지인들과 도란도란 이야기를 나누는 할머니들. 그 사이에서 "뛰지 말라고 했지!!"라는 어른들의 꾸중에 움찔 눈치를 보는 척만 하다가 기어이 엄마에게 잡혀 때를 밀리는 아이의 부루퉁한 표정을 보다가 나도 모르게 웃음이 났다.

이런저런 생각 속에 뜨끈한 물에 몸을 담그고, 며칠 동안 밤낮없이 밀린 일에 시달린 피로를 녹여내니 노곤함이 밀려왔다. 여행지에서의 예상치 못한 선물 같은 시간에 만족하며 나오는 길에, 들어올 때는 미처 보지 못했던 음료수 코너가 눈에 뜨였다. 어릴 때 어머니에게 졸라 가끔 선물처럼 마시던, 제법 비쌌던 달콤한 우유는 수십 년 전과 똑같은 모습이었다. 당시 뜨거운 물에 푹 잠겨있다 나와, 약간 몽롱하고 피곤한 상태에서 마시던 차갑고도 달콤한 맛이 떠올랐다.

돌아오는 길에 이 이야기를 동생에게 했더니 곧장 핀잔이 돌아왔다. 나야 형제 중 가장 나이가 많다는 이유로 가끔 그 비싼 우유가 허락되었지만, 어린 동생들은 잘해봤자 작은 요구르트뿐이었다는 것이다. 역시나 인간의 기억은 어찌나 선택적인지. 어린 시절의 달콤한 기억이 머쓱한 차별의 현장이 되었지만, 그 당시 지금의 우리보다 어리던 어머니와 꼬맹이 시절의 우리들을 이야기하며 꽃 핀 수다는 피로를 녹여 주던 뜨끈한 온탕만큼이나 잔잔했다.

　요즘은 집마다 욕조가 있고 수도 시설도 잘 되어 있어 예전만큼 동네 목욕탕 장사가 잘되지 않는다는 말을 들었다. 그래도 가끔은 가족과 훌쩍 목욕탕에 갔다가 우유든 요구르트든 나눠 마시며 돌아오는 시간을 가지는 것도 나쁘지 않겠다는 생각이 든다. 몸도 마음도 텀벙 잠겨 쉬어 가면서.

화면 밖에서

TV 다큐멘터리. 남편은 식사를 준비하는 아내 뒤에서 배고프니 빨리 좀 먹자고 툴툴거리다 급기야 식탁을 차리는 중에 화를 버럭 내며 밥만 대충 먹고 일어나버린다.

남편의 불통한 태도가 너무하다 싶던 차에 뒤이어 그날의 남편 일과가 비친다. 자신이 늦으면 식사도 거르는 아내 생각에, 그는 점심도 거르고 일에 매달린 뒤 서둘러 퇴근한다. 고된 하루에 점심도 걸러 배가 고팠지만, 건강도 성치 않은 아내가 마음에 걸려 집으로 가는 그의 발걸음이 재다. 속이 부대끼니 사 온 빵으로 간단히 저녁을 먹자고 해보는데, 아내는 평소 속이 안 좋다는 남편 말에 저녁 한 끼라도 더 신경을 써야겠다고 생각한다. 중간중간 배고프다는 핑계로 남편은 상차림을 도우려 하지만, 아내는 신경 쓰인다며 그를 계속 쫓아낸다. 반찬이 너무 많다, 이 정도면 충분하니 이제 밥 좀 먹자는 그의 말도 요리하느라 바쁜 아내의 귀에는 마이동풍이다. 식사시간을 넘겨가며 또 새 반찬을 만드는 아내 모습에 남편은 점점 화가 나기 시작했고, 그러다 아내가 무거운 김장 김치통을 꺼내며 비틀거리자 '그만 좀 해!'라며 폭발한 것이다. 이런 남편의 일과와 생각의 흐름을 보니 나쁘게만 보이던 그의 입장도 이해가 갔다.

　부부의 양면이 이해되는 순간, 우리 삶의 모습도 이 다큐멘터리와 크게 다르지 않겠다는 생각이 들었다. 우리는 자신이 보는 화면만 알 뿐 상대방의 시선은 모른다. 상대방의 상황을 추측해 볼 때도 있지만, 그 역시 내 입장에 치우친 경우가 다분하다. 내 화면 속 나는 당연히 이해가 가고 상대방만 비합리적으로 비치지만, 과연 그 사람의 화면 속 나는 어떤 모습일까? 상대의 화면에서는 어떤 장면들이 흘러갔고 또 보이고 있을까. 내 시선에만 매몰되지 않으려면 한 번씩 영화나 드라마에서 앵글을 바꾸어 보듯, 상대방 시선에서 상황을 보는 시도를 해봐야겠다는 마음이 든다. 어느새 TV 속 부부는 남은 누룽지를 끓여 나눠 먹으며 웃고 있다.

수수팥떡과 크리스마스의 별

며칠 전, 절기상 밤이 가장 길고 낮이 짧아 팥죽을 쑤어 먹거나 집안 곳곳에 팥을 두어 악귀를 쫓는다는 동짓날이었다. 우주의 비밀을 밝히고 자율주행 자동차가 나오는 21세기에 무슨 귀신 타령이냐 싶어 바쁜 생활을 핑계로 그냥 넘기려니, 아이가 이번 동지는 '애동지'라며 수수팥떡을 먹고 싶다는 말을 꺼냈다. 동지가 음력 11월 10일 이전이면 '애동지'라 하여 아이들이 팥죽 대신 팥떡을 먹어야 한다는 속설이 있다나 뭐라나.

직접 만들 정신은 없고 외출이 조심스러워 고민하다, 근처에 방앗간이 있다는 생각이 떠올라 퇴근 차림 그대로 아이와 함께 서둘러 가보았다. 다행히 가게가 문을 닫기 전이라, 맛볼 만큼만 사자 싶었는데, 시루에 가득 쌓인 떡을 정리하며 요즘은 떡도 잘 안 팔린다는 주인의 한숨 섞인 말에 그만 세 보자기를 집어 들고 말았다.

떡 봉지를 두 손에 나눠 들고 어느새 어두워진 하늘을 보며, 아이와 나는 수백 년 만에 목성과 토성이 일직선에 서는 세기의 현상을 이야기하며 걸었다. 서양에서 '크리스마스 별'이라고 하는 저 먼 우주의 일과, 이 춥고 긴 겨울을 이겨냈던 우리 선조들의 풍습을 같이 이야기하자니, 어두운 골목 풍경마저 왠지 시공간을 초월한 우리만의 우주 같았다.

재미있는 추억을 쌓는 건 좋다만 이 많은 떡을 어쩌나 하고 슬슬 현실적인 생각이 들던 차에 시장 골목 사이로 예전 단골집들이 보였다. 똑똑 문을 두들기자 다들 환하게 놀란 표정으로 우리를 반겼다. 아이가 어렸을 때 삐뚤빼뚤 그림을 배우던 곳에 한 보자기, 늦은 시간에도 우리 부부의 허기를 채워주던 동네 식당의 젊은 사장님 내외에게도 한 보자기를 건넸다. 악운을 쫓는다는 붉은 팥떡을 나누며 마스크로도 숨겨지지 않는 반가운 인사를 주고받자니, 어느새 추위

마저 누그러진 듯했다. 어쩌면 우리 선조들도 귀신을 쫓아낸 다는 핑계로 뜨끈한 팥죽과 떡을 이웃과 나누어 먹으며 긴긴 겨울밤을 따뜻하게 밝히려 했던 것은 아닐까.

진흙 속의 연꽃

"제가 과연 예전으로 나로 돌아갈 수 있을까요?"

상처를 겪은 분들의 질문에 치료자들은 답한다. 돌아
갈 수 없다고. 잔인한 말 같지만 많은 피해자분들은 이 대답
에 안심한다. 오히려 "곧 괜찮아질 거야. 원래대로 돌아갈 거
야."라는 위로의 말이 더 잔인하게 들린다고 한다. 도저히 돌
아갈 수 없을 것 같건만 모두들 괜찮다고, 곧 돌아갈 거라고
하니 나만 문제인가? 싶었다는 것이다. 그런데 왜, 치료자들
은 돌아갈 수 없다고 말하는 것일까?

'외상후성장post-traumatic growth'이라는 정신과학 용어가
있다. 원래 외상 후 '후유 장애, 스트레스 장애post-traumatic
stress disorder'라는 질병 진단만 있었는데, 트라우마 이후 영

적인 성장 속에 살며 나아가는 사람들, 내면이 더욱 단단해
진 사례들이 관찰되면서 '외상후성장'이라는 새로운 개념이
등장한 것이다. 다쳐서 부러진 뼈가 비록 모양은 예쁘지 않
을지언정 더 단단히 붙어 튼튼해지듯이 말이다.

　　사람도, 사회도 충격적인 사건 후 그전과 같은 상태로는
돌아갈 수 없다. 전쟁과 테러 등 극악한 사건 이후 마치 겉으
로는 아무 일도 없었던 것처럼 그대로인 양 보일 수는 있겠
지만, 그 아래에서 고통과 상처가 썩어 만들어낸 혐오와 부
패의 냄새가 대를 이어 사회를 망가뜨리는 일들을 우리는 숱
하게 보아오지 않았던가.

　　재난 속에 자신보다 더 어려운 계층에게 재난 물품을
양보하는 국민들, 앞다투어 어려운 일에 나서고, 약자를 위
한 자신의 희생을 드러내지 않고 묵묵히 자신의 자리를 지
키는 사람들. 그리고 두려움에 떠는 아이들이 더 큰 상처를
받지 않도록 의연히 일상을 견뎌내는 어른들. 이 모두가 우
리 사회의 외상후성장을 이끈다. 우리는 원래대로 돌아갈
수 없을 것이다. 과거로 돌아가지 않을 것이다. 이 어려운

시기를 함께 견뎌낸 뒤, 진흙탕 속에서 피어나는 연꽃처럼 우리는 우리 아이들에게 더 건강하고 단단한 사회를 전해줄 것이다.

다시, 봄

"사람은 누구나, 한두 개의 비극은 안고 살아가잖아요?"

존경하는 예술가의 공연 전 인터뷰 내용이 귀에 꽂혔다. 저렇게 밝고 아름다운 음악을 만들어내는 사람, 언제나 사람들에게 꿈과 희망을 주는 존재였던 그가 맑게 웃으며 아무 일도 아니라는 듯 툭 던진 한마디. 인간이란 자신만의 비극을 겨울처럼 안고서도, 한창인 봄을 향해 추위에 곱아있던 무릎을 펴고 걸어가는 존재라는 걸까? 그 문장 뒤로 이어지는 아름다운 음악 연주를 들으니 왜인지 그 뜻을 알 것도 같다.

마음과 머리의 빨래 널기

연하늘 청파랑 오묘한 자연의 색으로 하늘이 따듯이 빛나고, 잿빛에 불과하던 개나리 꽃망울들이 눈이 부시게 점점이 피어나고 있다. 그런데 요즘, 마음속 어딘가는 서늘한 땅속 한기가 그대로인 듯 겨울이 끝나간다는 것이 도무지 실감나지 않는다. 누군가는 나이 든 부모님을, 또는 어린아이들을, 누군가는 생계의 위협을, 또 다른 누군가는 한 끼 식사의 지원에 걱정이 끊이질 않을 것이다. 그리고 사회 분위기가 어두워지니 스트레스로 더 포악해진 학대 가족의 눈을 피해 살아남아야 하는 어떤 아이들은, 살아서 학교에 갈 날을 간절히 기다리고 있을 것이다.

영화 〈인생은 아름다워〉는 한 인종이 다른 인종을 통째로 말살하려고 했던 유대인 수용소를 배경으로 한다. 주인공

은 끔찍한 수용소일지언정 아이에게 하루하루 희망과 웃음을 주려고 고군분투한다. 그의 코믹한 움직임은 여지없이 아이와 더불어 관객에게 웃음을 주지만, 개그의 목적이 지옥 속에서도 아이의 희망을 지키려는 부모의 절박함이므로 관객의 마음은 웃음과 동시에 통증이 인다. 누가 그랬던가. 실제로 삶을 빼앗는 것은 병이 아닌 절망이라고.

그러니 오늘은 억지로라도 희망을 보자. 책 《안네의 일기》에서도, 일제강점기의 우리 선조들도 그러한 고통 속에서도 나름의 해학과 웃음거리를 찾았다. 오죽하면 아이들은 전쟁 통 속에서도 세워진 학교에서 놀이를 만들어 놀고, 청춘 남녀들은 군복을 염색해서 옷을 만들어 입었겠는가.

학교와 학원, 혹은 일터가 멈춘 이 시간이 훗날 학대와 폭력이 없는, 일상의 소중함을 온전히 느끼고 주변의 고마운 이들을 아끼며 감사하는 시간으로 기억될 수 있었으면 좋겠다. 최전선에서 싸우고 있는 이들에게 감사하며 가족과 이웃을 살피면서 잠시 고통과 고민은 걷어버리고, 머릿속도 볕좋은 날 빨래 널 듯 쉬어가면 좋겠다. 날이 좋다면 잠시 창문

을 열어보자. 한껏 들이쉬는 숨 속에 봄이 한 뼘 더 내 마음
에 다가오도록.

뜨개반지

파릇파릇 돋아나는 새싹과 퐁퐁 터지듯 피는 봄꽃들 사이로 각 잡힌 기계 주름이 선명한 하얀 가운을 입은 앳된 얼굴의 실습생들이 교정에 하나둘 눈에 뜨인다. 조심스럽게, 때로는 두근거리며 의사로서의 첫 발을 떼는 제자들을 볼 때마다 어설프던 나의 첫 실습 날이 떠오른다.

중학생 시절부터의 소원이던 의사 가운을 학생의사 신분으로나마 처음 걸치고 병원에 들어갔을 때의 콩닥거림은 아직도 잊을 수 없다. 밖의 날씨는 화사한 봄이었지만 병원 안은 창백한 등 아래 회색빛 어둠이 더욱 완연했다. 도서관에 쌓아놓고 산전수전 함께 했던 전공 책들 대신, 실습생 신분으로라도 실제 환자를 마주한다는 것의 무게는 수십 권의 책에 비할 바가 아니었다. 그 무게와 기세에 질려 나의 철없는 콩닥거림이 순식간에 식었던 기억도 바로 어제의 일처럼 생생하다.

설상가상, 처음 담당하게 된 할머니 환자분의 성격이 상당히 까다롭기로 유명하다는 치프 전공의의 걱정 섞인 말투가 날 더 긴장하게 만들었다. 듣던 대로 그분은 회진시간 담당 교수의 질문에조차 무뚝뚝한 단답형 대꾸뿐. 나 같은 피라미 실습생에게는 시선도 주지 않았다. 며칠이 지나도 문진은커녕 인사조차 못 건네는데 어찌 학생주치의를 해나갈지 끙끙거려도, 책을 아무리 들추어 봐도 답이 나올 리 없었다. 쩔쩔 매는 내가 불쌍했던지 간병을 하던 가족이 다가와, 할머니가 원래는 동네에서 소문난 멋쟁이인데 병실에 갇혀 환자복으로 지내다 보니 심기가 불편해서 저러시는 거지 나쁜 분은 아니라는 위로를 건넸다. 그 말을 듣자 나는 문득 꽃반지라도 떠볼까 하는 다소 엉뚱한 생각이 들었다. 당시 실습 중 짬짬이 대기할 때의 졸음을 이기려고 코바늘을 배우고 있었는데, 작은 꽃반지 정도라면 초보여도 만들 수 있을 것 같았다. 며칠 뒤 나는 여전히 이불을 뒤집어쓰고 누운 할머님 침상 옆 탁자에 꽃반지 몇 개를 올려두고 나왔다. 이게 뭐냐며 던지지만 않아도 다행이라 생각하며.

　실습이 얼마 남지 않은 어느 날 담당 교수님의 회진을 마치고 병실을 나서려는 순간이었다. 고개를 들어 나와 눈을 맞추는 할머님의 장난 어린 시선만으로도 입이 떡 벌어질 일이었는데, 조용히 이불을 슬쩍 들더니 알록달록 반지 낀 손을 내 방향으로 들어 보였다. 순간 나도 모르게 터져 나오는 환호성을 가까스로 꿀떡 삼키고는 아무렇지 않은 척 선배 의사들의 회진행렬을 따라갔지만, 구름 위로 솟을 듯 붕붕 뜬 마음은 쉽게 내려오질 않았다.

　며칠 뒤 할머님은 무사히 퇴원하셨고, 시간은 흘러 어느새 나는 회진을 주관하는 선생의 위치에서 병원 생활을 하고 있다. 하지만 여전히 병원에 처음 나오는 실습학생들을 볼 때면, 어린 학생의 어설픈 뜨개 반지에 장단을 맞춰줬던 할머님의 장난기 어린 표정이 마치 어제 일같이 떠오른다. 그때 그 할머님이 나에게 가르쳐주신 것은 누구나 마음 한구석엔 봄이 있다는 것이었다. 그 봄을 잃지 않고 살아간다면, 이번 봄비도 덜 춥게 느껴질 것 같다.

헬로 스트레인저

　몇 년 전 외국의 한 지방 도시에서 밤늦게 일정을 마치고 돌아오는 길이었다. 숙소에 다다랐을 때 일행 중 한 명이 내릴 준비를 하다가 택시 시트에 생수를 조금 흘렸다. 그런데 그 물 자국을 본 기사는 별안간 아무도 내리지 말라며 뺙소리를 질렀다. 체류 내내 소곤거리듯 말하는 지역 분위기에 적응하던 중이어서, 나뿐 아니라 일행 모두 깜짝 놀라 당황하고 말았다. 물이니 곧 마를 거라 설명하며 아무리 사과를 해도, 기사의 굳은 표정은 영 풀리지 않았다. 화난 억양의 빠른 현지어를 다 알아듣기는 어려웠으나, 현지 물가로 볼 때 상당한 금액을 요구하는 것 같아, 아무래도 기사가 사소한 꼬투리로 관광객에게 바가지를 씌우려는 것 같다고 일행들은 판단했다.

그러던 중 숙소 직원 몇 명이 소란을 듣고 나왔다. 그들에게 사정을 설명하며 경찰을 불러 달라고 부탁했는데, 펄펄 뛰던 택시 기사가 숙소 직원과 몇 마디 나누더니 스르륵 언성을 낮추는 것이 아닌가. 알고 보니 어두운 밤이라 흘린 자국이 음료수라고 생각한데다가, 화장실이 급했던 일행 중 한 명이 도착하자마자 먼저 바로 내리려는 것을 보고는 거짓말로 변명하고 도망가는 줄 알았단다. 직원이 보기에는 우리가 들고 있던 생수병 로고가 설탕이 많이 든 그 지역 음료수 병과 비슷해서 그만 오해한 것 같은데, 회사 차량이다 보니 나중에 문제가 될까 봐 기사가 더 민감하게 반응했던 것 같다고 했다. 그렇게 그날의 일은 직원의 통역 덕에 오해가 풀리면서 세탁비와 적절한 보상액을 지불하는 것으로 잘 수습이 되었다.

하지만 그날 이후 언어가 의사소통에 있어서 얼마나 불완전한 도구인지를 종종 곱씹게 된다. 그때는 언어 차이가 오해의 원인이었지만, 같은 말을 써도 사실 우리는 세대나 성별, 직위 또는 저마다의 입장에 따라 남의 말을 있는 그대로가 아닌 자기만의 필터로 걸러 듣는다. 그렇다면 이러한 언어의 한계를 극복하려는 상호 간 최소한의 노력 없이는, 결국 우린 소통하고 있다는 착각 속에 오해를 키워나가며 사는 것이 아닐까 하는 생각이 자꾸 맴돈다.

코어의 힘

우리와 서양인 사이에 대표적인 차이점 중 하나가 바로 체력이라고 한다. 선천적으로 타고난 다름이야 어쩔 수 없겠으나, 어디를 가나 빌빌거리기로 둘째가라면 서운한 나의 경우에는 어렸을 때부터 워낙 운동이 부족했던 탓이 더 큰 듯하다. 요즘의 운동 트렌드를 기웃거려보면, 예전처럼 몸짱을 목표로 무조건 근육만 키우거나 무리한 다이어트 위주에서 벗어나, 생존운동, 재활운동의 개념과 함께 나이 들수록 운동의 중요성이 강조되고 있다. 외모보다 내적으로 건강한, 자기답게 잘 살기 위한 운동이 주목받고 있는 것 같다. 다시 말해 건강한 근육조차 없이 마른 몸보단 체중이 더 나가더라도 근육 있는 몸이 더 건강하다고 보게 된 것이다. 여기에 더해 같은 근육이라도 겉으로 보이는 울퉁불퉁한 그것보다는 몸통, 허리를 둘러싼 잔 근육, 몸의 중심을 떠받치는 코어 근육이 중요하고, 이 중심부 근육이 튼튼해야 평소의 나쁜 자세로 인해 몸이 잘못된 방향으로 틀어지는 것을 막아준다고 한다.

이제야 공부 핑계로 운동과는 담을 쌓고 살았던 세월을 뒤늦게 후회해보지만, 그렇다고 사람이 쉽게 바뀔 리 없는 법. 지금도 당장 몸을 움직이기보다는 운동에 대한 책과 동영상을 보면서 겉핥기 운동만 할 뿐이다. 그래도 전공이 아닌 다른 분야 공부가 오랜만이라 나름 재미있게 구경하고 있는데, 보면 볼수록 운동이라는 것이 내 전공과도 그리 다르지 않다는 생각이 들기 시작했다. 눈에는 잘 보이지 않아도, 잠깐의 눈속임보다는 묵묵히 꾸준하게 시간과 노력을 쌓아야 하는, 그래서 스스로 체득한 태도가 쌓여야 제 능력의 빛을 발할 수 있는 코어근육의 힘은 곧 내 마음 중심의 힘과 다를 게 없다. 어떤 요가 선생님은 요가라는 것은 몸이 아닌 마음을 바로 단련하는 시간이라 말한 바 있다. 마음을 가다듬으며 온전히 자신의 상태에 집중하는 나를 위한 시간. 결국엔 스스로를 건강히 하려면 몸과 마음 모두, 요행을 바라지 말고 꾸준히 시간을 들여 단련해야 한다는 것을 새삼 느낀다.

실수라는 거름

실수는 아차, 하는 순간이었다. 상황을 알아차리고는 온통 뒷수습에 매달리느라 깊이 생각할 겨를조차 없었는데, 막상 일이 수습되자 이상하리만치 그 실수가 머릿속에서 떨쳐지지 않았다. 주변에서는 하는 일이 많으니 그럴 수도 있다, 잘 수습이 되었으니 신경 쓰지 말라고 위로해 주었지만, 왜인지 바닥에 떨어져 뭉개진 마음은 좀처럼 추슬러지지 않았다. 전에도 일정이 겹쳐 중요한 회의를 놓친다거나, 수업하러 가야 할 시간을 잘못 알고 있다가 허둥지둥했던 적도 있었는데, 왜 유독 이번에는 뼈아프게 괴로운 상태가 가시지 않았던 걸까.

'실수는 성공의 아버지', '한번 실수는 병가지상사'라고들 한다. 아이들이 실수하고 당황해하면, 많은 어른들은 누구나 처음에는 실수하니 괜찮다, 다음에 잘하면 된다며 웃어 넘긴다. 그런데 그게 과연 위로가 될까? 이렇게도 쉽게 일어 나는 실수인데, 아무리 조심해도, 혹은 반복해도 나아지지 않고 또 잘못하면 어쩌나 싶어 불안이 더 커지지는 않을까? 나 역시 실수를 맞닥뜨린 순간 그 자체의 경중보다는, 사회 초년생도 아닌데 혹시 또 이러면 어쩌나 하는 생각에 더 짓 눌렸던 것 같다.

복잡한 사회를 사는 현대인에게 실수를 용납하지 않는 완벽주의는 하나의 미덕인 듯 보인다. 하지만 적당히 쓰면 약인 것도 과다하면 독이 되듯, 완벽을 위해 쏟는 에너지는 언젠가는 고갈되어 결국 문제가 된다. 기계도 고장이 나고 컴퓨터도 오류를 일으키듯, 아무리 완벽하려 해도 100% 완 벽한 무결점 인생이란 존재하지 않으니 말이다.

아니길 바라지만, 지금까지처럼 나는 앞으로도 살아가 며 또 실수를 할 것이다. 하지만 그 민망한 통증에 눈을 감고 고개를 돌리거나 뚜껑이 열린 채 감정적으로 대응하지 않고, 그 경험을 다듬어 양질의 거름으로 만드는 노력은 끝이 없음을 받아들일 나이가 된 것 같다. 생각할수록 여전히 속이 뜨끔해지는 그날의 실수를 떠올리며, 다시 한번 호흡과 마음을 가다듬는다.

꽃가루의 미래

세차한 다음 날에도 차에는 뽀얗고 노란 꽃가루가 가득이다. 누군가에게는 하늘하늘 날리는 꽃가루가 아름다운 자연의 한 장면이겠지만, 이 시기면 언제나 온 가족이 알레르기를 앓는 나에게는 실로 거대한 위협의 시작을 알리는 장면이다. 그럼에도 외출이 자유롭지 못한 요즘, 창밖에 날리는 꽃가루 바람들을 보다 보니 저 생명력이 참으로 대단하다는 생각이 들다가 문득 몇 년 전 만났던 아이가 떠올랐다.

센터를 통해 처음 진료실에 온 아이는 의뢰서 한 페이지가 족히 넘어가는 폭력의 역사를 갖고 왔다. 또래보다 부쩍 작고 지친 몰골인 아이를 간신히 안전한 장소로 옮긴 뒤에도, 점점 밝아지는 표정으로 조잘조잘 말수도 늘고 어느새 내 키를 훌쩍 넘어선 뒤에도 아이의 마음 치료는 계속되었다. 겉으로는 잘 보이지 않는 증상들이 시시때때로 평범한 날들을 공격해댔기 때문이다.

그러던 어느 날 아이는 말 그대로 사라져버렸다. 알고 보니 기관과 직장의 여러 곳에서 꽤 많은 액수의 돈을 여러 이유로 빌린 뒤 전화번호마저 바꾸고 잠적한 모양이었다. 장기간 아이에게 마음을 쏟았던 많은 어른들이 펄펄 뛰었고, 나 역시 그 소식을 들은 순간은 입맛이 참으로 썼다. 하지만 그럼에도 우리가 쏟았던 몇 년의 시간은 씨앗이나 마찬가지라는 생각이 곧이어 들었다. 그간 언제나 방긋방긋 겉으로는 평정을 가장했던 아이의 마음속에는 바닥을 알 수 없는 거대한 분노와 절망을 넘어서기 위한 남모를 전쟁이 계속되고 있었을 것이다. 우리가 '피해자'라고 쉽게 뭉뚱그려 말하는 그 한 단어에는 얼마나 다양하고 복잡한 고통과 상처가 숨어있을까. 우리가 대가 없이 심었던 그 작은 씨앗들은 그 아이가 차후 조금이라도 안정되었을 때, 또는 본인도 모를 그 언젠가, 우리는 볼 수 없는 미래에야 싹을 틔울지 모른다. 아스팔트의 도시 속에서도 한 줌의 터를 찾아 긴 여행을 떠나는 꽃가루들처럼, 아이에게 부어진 모두의 마음이 언젠가는 꼭 필요한 곳에서 싹을 틔우길 바래본다.

이타주의, 유머, 승화

요즘 사회 어느 곳에서나 긴장과 불편함의 수위가 높아서인지, 학생 때 시험공부 기간에 아무 생각 없이 달달 외웠던 성숙한 방어기제defense mechanism(무의식적으로 스트레스에 대응하는 방법) 몇 가지가 문득 떠올랐다.

이타주의altruism, 유머humor, 승화sublimation.

많은 사람들이 스트레스를 받을 때 남 탓을 하며 불쾌한 감정을 외부로 투사한다. 또는 위험한 상황에서도 술이나 파티를 하는 등 미숙하게 퇴행하거나, 반대로 힘든 감정을 분리해서 아무 일도 없던 것처럼 묻어두고 일상에 몰두하기도 한다. 한두 번은 이런 꼬인 방법이 상황을 넘기는 데 도움이 될지 몰라도, 반복적으로 왜곡된 행동들은 자신이나 주변을 힘들게 하고 결국 문제 해결에도 도움이 안 된다.

반대로 이타주의의 사람들은 어려운 중에도 마스크나 생필품을 기부하거나 양보하고, 가족과 자신의 안위를 뒤로 하고 위험한 곳으로 향하는 의인처럼 자신보다 이웃을 앞에 둔다. 건강한 유머는 자신과 주변의 긴장을 풀어주고 분위기를 긍정적으로 끌어준다. 또 고통에 갇히지 않고 이를 글이나 그림 등 자신만의 예술로 표현할 때, 함축된 예술은 순간이나마 일상의 비참함을 벗어나 삶을 한 단계 끌어올린다. 최근 고립된 사람들을 위한 세계적인 연주가들의 온라인 응원 영상들도 이에 해당할 것이다. 이들은 절망과 고통에 휩싸인 폐허에서 희망을 싹 틔우고, 자신의 내면뿐 아니라 지친 이웃들을 보듬는다.

오늘 진료실에 온 아이는 그간의 스트레스를 코믹한 만화로 그려 방심하고 있던 나의 웃음보를 터뜨렸다. 내 반응에 신난 아이는 마무리 한 문장으로 상황을 정리했다. "남을 미워하거나 때려주는 것보단 만화로 표현하는 게 기분이 더 나아지더라고요." 역시 아이들은 어른의 스승, 절로 박수가 나오는 통찰력이다. 나는 어떤 방어기제를 쓰고 있을까? 내 안의 고약한 감정을 남에게 던지거나 더 악화시키고 있지는 않을지 한번 생각해 보는 것도 좋겠다. 이왕이면 유쾌하게.

자연과 함께, 멍 때리기

요즘 많은 사람들이 하루하루 버티기가 쉽지 않다고들 한다. 그래서인지 어느 날 진료시간에 "쉴 때는 주로 무얼 하나요?"라는 나의 질문에 유치원생부터 초중고 학생까지, 그리고 그들의 부모마저 같은 답을 했다. "스마트폰 보죠 뭐." 나 역시 업무뿐 아니라 자투리 시간에도 언제 급한 연락이 올지 모른다는 핑계로 좀처럼 폰을 내려놓지 못하지만, 아무리 '코로나 시대'라도 세대를 막론하고 천편일률로 단 하나의 방법만을 찾는다는 것은 우려가 되는 상황이다. 게다가 '스마트'하게 쓰지 않는다면 집중력까지 망치기 쉬운 썩은 동아줄 같은 그것이 모두의 유일한 도피처라니 말이다.

수년 전 은사님이 출간한 《멍 때려라!》라는 책이 화제가

되었다. 그만큼 바쁜 현대인에게 뇌를 쉬는 시간이 얼마나 절실한지 많은 이들이 공감했기 때문일 것이다. 대중들의 이런 깨달음에도 불구하고, 이후 광범위하게 퍼진 인터넷과 스마트폰 문화 탓에 아직 말도 못 뗀 영유아까지도 멍 때리는 놀이 시간을 도둑맞고 있는 것은 아닐지. 하루 종일 같은 답변만 듣다 보니 이런 노파심마저 들었다.

지루한 주차장같이 꽉 막힌 고속도로 출퇴근길. 아무리 바빠도 길 위에 갇혀있는 셈이니 이런저런 생각에 빠지거나 창밖을 보며 쉴 수밖에 없다는 장점(?)이 있다. 작년만 해도 미세먼지 가득한 퀴퀴한 날씨 덕에 창밖이나 안이나 암울하기 그지없었건만, 요즘은 코로나 시대의 장점일는지 무심코 시선을 돌렸다가도 창틀이 액자로 보일 만큼 선명하게 빛나는 하늘에 깜짝 놀라곤 한다. 그렇게 멍하니 낯선 곳에 떨어진 여행자가 된 기분으로 창밖을 보다 보면, 어느새 지친 나를 저 하늘이 가만가만 위로해 주려는 건 아닐까 싶은 착각마저 든다.

빈부나 지위와 무관하게 우리가 보는 하늘은 똑같은 곳

에 있다. 잠시 뇌의 인위적인 과열을 식힐 겸 시간의 흐름이 선물해 주는 풍경에 마음을 내려놓는 것은 어떨까? 우리 뇌에 꼭 필요한 '멍 때리기'와 함께.

쑥버무리

전례 없는 위기에도 봄을 즐긴다며 안전수칙을 어기고 공동체를 위협하는 이들도 있지만, 코로나 팬데믹의 영향으로 많은 이들은 사회적 거리 지키기와 조심스러운 쳇바퀴 생활에 계절을 느낄 짬도 없을 것이다. 나 역시 다를 바 없이 이 봄을 그냥 지나치던 차에, 어느 위중한 사건으로 관련자들이 급히 소집된 날이었다. 다행히 모두가 기민하게 움직여 준 덕분에 걱정했던 상황은 잘 정리가 되었고, 마지막 마무리 작업만 남긴 상태에서 잠깐 휴식을 취하고 있는데, 한 분이 가방에서 주섬주섬 무언가를 꺼내었다. "갑자기 나오느라 식사를 못해 챙겨온 건데, 집에서 대충 만든 떡이라 모양은 좀 엉성하지만…." 양이 많으니 같이 먹자며 나누어 주는 손에 그제야 배고픔을 느끼던 나도 한 접시를 냉큼 받았다.

긴장이 풀려서인지, 우려했던 것보다 일이 잘 해결되어서인지, 아니면 종일 빈속이어서였을진 모르겠지만. 부스러지는 떡 한 조각을 떼어 조심스레 물자마자 느껴진 건 거의 폭발에 가까운 입안 가득한 봄이었다. 모양은 기성품보다 세련되지 않아도 제철 자연에서 소박하게 나온 쑥버무리는 냉랭한 회의실을 순간 봄꽃 가득한 들판으로 바꾸었다. 봄의 신선한 쑥 향이 이렇게 향긋한지 미처 몰랐던 것을 보면, 나는 대체 그동안 뭐하고 살았나 싶은 생각마저 들 지경이었다.

그런 충격은 나 말고도 다들 마찬가지였는지 딱딱한 회의 시간 내내 잔뜩 찌푸리고 있던 사람들 모두가 살짝 들떠보였다. 평소 과묵하고 냉엄한 표정이라 항상 대하기 조심스러웠던 한 분은, 전에 없이 아이처럼 반짝이는 눈빛으로 옛날엔 이렇게 구할 수 있는 제철의 것들로 간식이나 떡을 만들어 먹었다는 얘기에 열을 올렸다. 떡에 웬 풀떼기냐며 씁쓰름하게 맛보던 다른 분도 어느새 믹스커피와 딱 맞는 간식이라며 연신 입을 오물거리며 웃었다. 자연이 주는 힘, 영혼을 위한 음식의 힘은 어찌나 놀라운 것인지. 이 작지만 거대한 자연의 힘으로 삶을 이어가는 하루에 감사한다.

봄, 봄, 봄비

세상에. 봄비가 온다.

토닥토닥 빗소리에 번잡한 세상의 소음은 먼지와 함께 한 톤 낮아진다. 차분히 앉아 창밖을 바라보다 보면 내 마음이 한 뼘 더 가까이 느껴진다. '사회적 거리두기social distancing'가 감염을 예방하기 위해 강조되는 시대이지만, 지나치게 부대끼며 경쟁하던 현대사회에서는 심리적으로도 필요한 노력 같다. 참으로 안타깝지만 인류 역사상 사회가 과열되고 인구가 폭증할 때마다 새로운 전염병이 나타났다. 우리의 삶도, 마음도 그간 지나치게 과열되지는 않았는지 되돌아본다. 식사만 균형이 필요한 것이 아니다. 사람 간의 거리도, 삶의 모습도 균형이 필요하다.

하나 더, 사회적 고립이나 자극적인 뉴스들로 마음이 약해지는 않았는지 살펴보자. 감염성 질환으로 격리된 사람들은, 병 자체보다도 절대적으로 혼자 견뎌야 하는 외로움의 고통을 호소한다. 직접 만나지 못해도 도움이 되는 것들을 찾아보면 어떨까? 각자의 자리에서 오랜만에 서로를 떠올리며 손글씨 메모도 좋고 메일이나 문자, SNS도 좋다.

갑자기 온라인으로 학교 강의를 준비하느라 쩔쩔 매는 구닥다리 세대인 나와 동료들과 달리, 요즘 아이들은 어찌나 재간이 넘치는지 뚝딱뚝딱 동영상으로 일상과 유머를 공유하고 친구들과도 댓글로 소통한다. 학원 때문에 자주 모이기 어렵던 친구들과 온라인에서 다 함께 어울릴 수 있어 요즘이 더 좋다는 아이들도 있다. 좋은 사람들과 자주 연락하고, 정신건강을 해치는 불쾌한 뉴스들은 적극적으로 피하는 것이 어지러운 시기에 나를 지키는 '심리 방역'이다.

전염병은 언제나 치사하리만큼 더 약한 이들을 공격하며 혐오를 퍼뜨리고 극단적인 공포를 심는다. 그럼에도 작은 노력과 마음을 모아 서로를 돕는 사람들 사이에서 봄이 오

고 있다. 을씨년스러운 거리에서도 쨍한 노랑, 분홍 꽃망울
이 화사하다. 판도라의 상자가 열린 듯한 요즘이지만, 어두
운 겨울 땅을 뚫고 나온 봄꽃처럼 화사한 희망이 남아 뿌리
를 내렸으면 좋겠다.

5월의 사회적 거리

사람마다 위생 기준과 개념은 제각각이다. 게다가 5월의 다양한 행사와 상황은 사실 단일한 전문가 지침을 적용하기도 매우 난감하다. 진료실에서도 다양한 어려움이 들리기 시작했다. 간단한 장보기도 삼가며 조심해 왔건만 어버이날에는 꼭 오라는 말에 고부간의 갈등이 심해졌다거나, 서로 다른 사회적 거리와 격리 기준 때문에 실랑이하느라 사이가 험악해졌다는 하소연이 늘고 있다. 반대로 위험 업종에 종사하는 이들은 모임에서 배제되는 서운함을 토로한다. 아픈 가족을 만나보지도 못하다 떠나보낸 뒤, 애도마저도 제대로 할 수 없어 사별의 아픔이 점점 병이 되어가는 이들도 있다.

나이 든 부모님의 애타는 마음도 이해가 가고, 한창 좋을 나이에 친구들과 떨어져 온라인 수업에 쩔쩔매며 지친 아이들도 안쓰럽다. 집안에서 혈기를 못 이기고 배배 꼬는 아이들과 재택근무 중인 배우자까지 챙기다 지쳐가는 주부들, 갑작스레 떨어진 온라인 수업 준비로 맨땅에 헤딩하며 애쓰는 중에도 격려보다는 질책에 속 끓는 교사들의 마음 관리도 우려스럽다. 모두가 각자의 어려움을 견디며 최선을 다해왔기에 우리나라가 전 세계의 박수를 받는 상황이긴 하지만, 그렇다고 지금의 힘듦이 가벼워지지는 않는다.

하지만 잘 살펴보면 단지 코로나 때문에 그 힘듦과 가족 간에 갈등이 생긴 것만은 아니다. 그간 담아두었던 나누지 못했던 가족 간의 대화와 마음들, 소소한 갈등과 오해들을 덮어두었던 부작용이 코로나를 핑계로 터진 경우가 많다. 서로의 원가족을 싫어한다, 가족보다 자신만 챙긴다, 나와 내일의 가치를 인정해 주지 않는 것 같다 등 평소 서운했던 부분들이 터져 나온 것이다.

이 달의 의미가 그저 가족끼리 모여 밥 한번 먹고, 생색나는 선물이 오가는 수준의 것은 아닐 것이다. 서로 쌓인 마음이 곪아 병이 되기 전에 나에게 그날이 어떤 의미인지, 내

가족은 그날을 어떻게 생각하는지 한번 곰곰이 되돌아보는 소중한 시간이 되었으면 좋겠다.

쉼표

테러, 전쟁의 피해자를 치료해 온 해외 학자의 세미나 시간이었다. 잠시 쉬는 시간, 그분은 차를 한 모금 마시더니 농담처럼 자신의 이야기를 꺼냈다. "고통 받는 사람들을 매일 보면서 정작 본인은 괜찮냐는 질문을 종종 받아요." 나를 비롯한 한국의 학자들 역시 같은 질문에 쌓여있던 터라 모두 귀를 쫑긋 세웠다.

"전 괜찮다고 했어요. 실제로도 그렇게 믿었고요. 수십 년간 일에 익숙해진데다가 훌륭한 동료들과 일하고, 나름 웃을 일도 많고. 행복하다고 생각했거든요." 다들 당연하다는 듯 고개를 끄덕였다. 충격적인 사건에 잠을 설치며 척박한 상황에서 어떻게든 치료를 이어가고자 끙끙 앓는 우리와 달리, 그분의 태도와 표정은 시종일관 온화하고도 편안했기 때문이었다. 그러나 이어진 이야기는 예상을 빗나갔다.

"그런데 그날 잠자리에 누우려던 순간 든 생각에 그만 침대에서 벌떡 일어났어요. 난 전혀 괜찮지 않았거든요! 매년 열리는 좋아하는 공연이 있어 그때가 되면 무슨 일이 있어도 꼭 가는 게 저만의 취미였는데, 이 일을 시작한 후로는 단 한 번도 간 적이 없더라고요. 세상에, 그걸 깨닫지도 못하고 있었다니….."

PTSD(외상후스트레스장애) 전문가로 살아왔건만, 자신이 취미마저 잊은 채로 살고 있다는 사실조차 몰랐다는 고백이었다. 우리의 심각한 표정에 그분은 장난스레 윙크를 하더니 덧붙였다. "그래서 올해는 표를 샀어요."

바쁜 일상 중 어디선가 낯익은 음악의 전주가 들려오는 순간, 일상에서 벗어난 듯 느꼈던 경험이 있을 것이다. 그 음악을 줄곧 듣던 그때, 함께 했던 사람들. 모든 것이 마치 영화 속 장면이 바뀌듯 순식간에 떠오르고, 지친 지금의 내가 아니라 때론 반짝이고 때론 고통스러웠던 조금은 젊었던 나.

그 당시로 돌아간다. 거창한 것일 필요는 없다. 음악이든 그림이든 춤이든, 때론 차 한 잔이든, 일상에서 벗어나 온전히 즐길 시간이 잠시조차 없다면, 삶은 팽팽히 당겨진 여유 없는 활인 셈이다. 당겨질 뿐 놓아지지 않는 활은 쓸 수가 없다. 일상으로 당겨진 활을 잠시 내려놓을 수 있는 쉼표의 시간이 필요한 것은, 전장의 피해자를 돌보는 전문가나 일상의 전쟁 속에 살고 있는 우리나 마찬가지일 것이다.

심리적 보호대

발목 수술을 받고 회복하기까지 의외로 시간이 오래 걸려 걷기가 어느 정도 채 익숙해지기도 전에 복직하여 출근을 하게 되었다. 조금만 걸어도 시큰해지는 불편함을 조금이라도 줄여보고자 고민 끝에 보호대를 사용하기 시작했는데 그 효과는 실로 놀라웠다. 살짝 힘을 줘도 쉽게 몸을 지탱할 수 있고, 피로함도 덜했다. 그 뒤로는 항상 보호대 차림인 나를 본 주치의가 어느 날 주의의 말을 건넸다. 수술 직후에야 다리가 워낙 약해져 있으니 보호대가 더 큰 외상을 막아주고 재활에도 도움이 되겠지만, 오래 쓰다 보면 나도 모르게 보호대에만 의존하게 되어 정작 근육과 인대 발달에는 방해가 된다는 것이다.

이 말을 듣고 보호대가 심리적 방어기제와 비슷하다는

생각이 들었다. 방어기제란, 스트레스에 대응하는 개인만의 습관 같은 것이다. '지식화intellectualization'의 방어기제를 쓰는 사람은 고민이 생길 때마다 책에서만 답을 찾으려 들고, '투사projection'의 습관이 있는 사람은 힘들 때마다 남 탓으로 그 상황을 넘기려 한다. 즉 방어기제는 인간이 외부에 적응하기 위해 나름으로 터득한 싸움의 기술인 셈이다.

이런 싸움의 기술은 어린 시절, 낯선 세상에서 맞닥뜨리는 문제들로 당황스러울 때, 그나마 본인에게 익숙한 방법으로 상황을 모면하는 편한 지름길처럼 쓰일 수도 있다. 문제는 크고 복잡한 세상에서도 그렇게 한두 가지 기술에만 의존할 때 생긴다. 지금껏 그 방법으로도 잘 살아왔다며 다른 방법들은 폄하하고 내 방법만이 옳다고 하니 변화하는 시대에 다른 세대들과 더불어 살기 어려워진다. 나는 옳고 정당하게 살고 있는 것 같은데, 이상하게 툭하면 남들과 삐걱거리게 되는 것이다.

몸의 일부가 되어버린 보호대를 막상 뺄 생각을 하니 덜컥 걱정이 앞선다. 하지만 이런 편안함이 결국 과도한 심리적 보호대가 되어 내 몸과 마음이 보다 건강해질 기회를 뺏는 것이란 생각에 조심스레 걸음을 내디뎠다. 편한 익숙함보다는 이 서툰 걸음이 결국엔 나를 더 강하게 만들어줄 것이라 믿으며.

◇◇◇◇◇
만든 곳에 대해서 더 알고 싶으신 분은
인스타그램 @chaeryunbook으로 방문해 주세요.
책만듦이의 비하인드 스토리,
출판사에서 일어나는 일상 기록이 담겨있어요.

내게 위로가 되는 것들

1판 1쇄 펴낸날 2021년 4월 12일

지은이 배승민
그린이 배재현

책만듦이 김승민 책꾸밈이 이민현

펴낸곳 채륜서 펴낸이 서채윤
신고 2011년 9월 5일(제2011-43호)
주소 서울시 광진구 자양로 214, 2층(구의동)
대표전화 1811.1488 팩스 02.6442.9442
E-mail book@chaeryun.com Homepage www.chaeryun.com

책값은 뒤표지에 있습니다.
ISBN 979-11-85401-57-7 03810

채륜(인문사회), 채륜서(문학), 띠움(예술)은 함께 자라는 나무입니다.
물과 햇빛이 되어주시면 편하게 쉴 수 있는 그늘을 만들어 드리겠습니다.